Whispering of
Love Letters

KB201054

Full image from the cover titled

'Annette and Angela, Lustgarten, Ostberlin, 1982, DDR'

Whispering

of

Love Letters

# 사랑,
# 편지

아
밀

버터
북스

사랑, 편지 —— **차례**

01 —— 김행숙 —— 공진화하는 연인들 —— 9

02 —— 캐서린 앤 포터 —— 창백한 말, 창백한 기수 —— 14

03 —— 야광토끼 —— 빌딩의 숲 —— 22

04 —— 동백과 다프네 —— 29

05 —— 세라 워터스 —— 게스트 —— 34

06 —— 포르노그래피 —— 47

07 —— 에리카 러스트 —— 엘스 시네마 —— 54

08 —— 이이언 —— 너는 자고 —— 66

09 —— 유키카 —— 애월 —— 74

10 —— 버지니아 울프 —— 올랜도 —— 83

11 —— 이슬아 —— 남궁인밖에 모르는 남궁인 선생님께 —— 96

12 —— 오션 브엉 —— 지상에서 우리는 잠시 매혹적이다 —— 106

13 —— 데미즈 포스카, 시라이 카이우 —— 약속의 네버랜드 —— 114

14 —— 김사월 —— 나방 —— 121

15 —— 헤르난 바스 —— 팝콘 목걸이 —— 126

16 —— 더보이즈 —— Bloom Bloom —— 133

17 —— 마르그리트 유르스나르 —— 왕포는 어떻게 구원되었나 —— 147

18 —— 안톤 체호프 —— 개를 데리고 다니는 여인 —— 155

19 —— 래드클리프 홀 —— 고독의 우물 —— 161

20 —— 존 키츠 —— 이사벨라, 또는 바질 화분 —— 169

21 —— 심규선 —— 달과 6펜스 —— 175

22 —— 허수경 —— 수수께끼    태연 —— What Do I Call You? —— 182

23 —— 조해진 —— 가장 큰 행복 —— 188

24 —— 박찬욱 —— 헤어질 결심 —— 194

25 —— 기 드 모파상 —— 달빛 —— 201

26 —— 린이한 —— 팡쓰치의 첫사랑 낙원 —— 207

27 —— 앤 카슨 —— 남편의 아름다움 —— 215

28 —— 진은영 —— 그날 이후 —— 222

29 —— 오스카 와일드 —— 행복한 왕자 —— 232

30 —— 뉴진스 —— Ditto —— 246

31 —— 이수경 —— 이상한 나라의 아홉 용 —— 254

32 —— 러블리즈 —— Candy Jelly Love —— 260

맺음말 —— 그리고 마지막 편지 —— 270

자,

춤을

시작할까요?

# 공진화co-evolution하는 연인들

김행숙

안녕,

첫 편지를 조금 바보같이 시작할지도 모르겠어요. 그렇더라도 용서해줄래요?

언젠가 한 친구가, 정확히 인용하기는 어렵지만, 대략 이런 요지의 말을 한 적이 있어요. '사랑에 대해 이런저런 이야기를 많이 하는 사람은 가짜다. 사랑은 말하는 것이 아니고 하는 것이다.' 혹시 내가 왜곡해서 기억하는 것이라면 미안해요.

나는 이 말에 설득되었던 것 같아요. SNS에서 연애 편력을 과시하듯 떠벌리는 사람들—특히 남자들을 볼 때마다 오히려 사랑에 대한 무능 또는 결여를 보여주는 것이 아닌가 싶었으니까요. 나는 그러지 말아야지, 라고 생각했던 것 같습니다. 또, 그런 말을 하지 않는 사람이야말로 오히려 신비하게 보이지 않을까? 하는 생각도 솔직히 했던 것 같아요. 비밀이라는 것은 사람을 매력적으로 만들어주곤 하잖아요. 적어도 나는 그렇게 느껴요 (큰일이네요).

한편으로는 이런 생각도 했습니다.

사랑이라는 것은 너무나 내밀한 주제이고, 나의 가장 소중한 보물과 가장 숨기고 싶은 치부와 가장 찬란한 모습과 가장 초라한 모습을 모두 내보이는 일이라고. 그런 것을 허투루 흘리고 다니고 싶지는 않았어요. 호주머니에 꼭꼭 숨겨 다니고 싶었죠. 아주 조그맣고 연약한 병아리 한 마리를 지니고 다니듯이. 하지만 때로는 누구라도 찌를 수 있는 주머니칼을 지니고 다니듯이. 그것이 나의 힘이 되어줄 거라는 생각으로. 어떻게? 그건 잘 모르겠어요. 어쩌면 그것을 숨길 수 있다는 것 자체가, 소리 높여 자랑하거나 호소하고 싶은 것들을 그저 묵묵히 간직하고 있을 수 있다는 침묵의 능력 자체가 내게 힘이 되어줄 거라고 생각했던 듯도 합니다. 너무 많이 말해서, 너무 많이 보여줘서, 너무 많은 신뢰를 보내서, 그래서 상처받았다고 생각했던가 봐요. 상처받지 않는 법을 터득하는 것이 어른이 되는 일이라면, 나는 어른이 되어가는 것 같았습니다.

그래요, 때로는 침묵이 실제로 우리를 지켜주곤 하죠. 삼엄하게.

그리고 그 삼엄함은 우리를 무엇보다 사랑으로부터 지켜주기도 하지요. 사랑이 우리를 찌르지 못하게, 우리가 사랑을 호주머니에서 꺼내 건네지도 못하게.

말이라는 것과 행위라는 것은 말처럼(!) 그리 쉽게 분리되지는 않는 것 같기도 해요. 나는 지금에 와서 갑자기 사랑 이야기를 하기로 작정했고, 그것과 동시에 연애도 시작했어요. 나의 연인은 이 이야기를 읽고 있는 당신이기도 합니다. 이것은 비유이기도 하지만 비유만은 아니에요.

자, 춤을 시작할까요? *Amil*

네가 손을 내밀자 춤이 시작되었다

또 한 쌍이 만들어졌군, 언제나 구경꾼처럼 말하는 사람

들이 있다

그러나 가장 먼 곳에서 뛰어와서

포옹을 하는 연인들

혼자서는 할 수 없는 일이었어

그래서 우리는 함께했지, 싸움도

너의 손은 너의 호주머니로

나의 손은 나의 호주머니로 들어간다

호주머니가 없는 옷을 입고 나왔으면 어땠을까

아하, 검은 주머니가 중요하군, 깜깜한 데서 혼자 생각

하는 것 말이야

둘이서는 할 수 없는 일

이것은 혼잣말이지

네 개의 발이 손과 발로 처음으로 구별되었을 때

손의 기분은 어땠을까

둥둥 떠 있는 기분이 어땠을까

어둠 속에 누구의 손이 있었나, 확 피어나는 성냥불

그림자가 컬러를 가질 때

예상할 수 없는 것들이 튀어나온다

두 개의 손이 오른손과 왼손으로 처음 분열되었을 때

모른 척하기로 했던 것을

정말 모르게 되었을 때

영원한 수수께끼처럼

사랑은 자꾸자꾸 답을 내놓지, 너를 사랑해

그리고 너를 미워해도 이야기는 계속된다

〈공진화co-evolution하는 연인들〉, 김행숙

# 창백한 말, 창백한 기수

캐서린 앤 포터

코로나 시대에 사랑은 어떻게 해야 하는 걸까요?

내가 살고 있는 서울은 코로나19 확진자 수가 하루 1, 200명대를 오락가락하는 나날이 이어지고 있어요. 불안하기는 하지만 연인과 카페에 마주앉아 커피를 마시며 데이트할 수는 있고, 다섯 명이 모이는 건 안 되지만 친구 셋이 호프집에 둘러앉아 맥주를 마시며 떠들 수는 있는 시기예요. 얼마 전까지는 그야말로 집에만 틀어박

혀 대부분의 사교 생활을 메시지나 화상 통화에 의지해야 했던 걸 생각하면 이나마도 얼마나 고마운 일인지 몰라요. 하지만 사람의 마음이 간사해서인지, 나는 이런 일상에 금세 다시 익숙해져서 그 소중함을 잊고 지내는 것 같기도 합니다.

이럴 때 삶이란, 익숙해진다는 것과 동의어 같아요. 죽음을 맞닥뜨린 사람에게는 삶의 모든 것이 새롭고, 귀중하고, 아름답게 보인다고 하죠. 불치병에 걸린 환자는 건강하던 시절 아무렇지 않게 흘려보냈던 시간이 얼마나 아까운 것이었는지 깨닫고, 광활한 암흑과 정적에 잠긴 우주에서 조그마한 캡슐 비행선을 타고 혼자 방랑하는 톰 소령은 지구가 얼마나 푸른 빛인지를 실감한다지요. 죽음이 멀리 있다고 느낄수록— 실제로는 전혀 그렇지 않음에도 죽음이 멀리 있다는 착각에 빠져 있을수록— 삶은 흐릿하고 불명확하게 흘러가고, 죽음이 가까울수록 삶은 오히려 한 순간 한 순간 더욱 맹렬히 타오르는 것 같아요.

사랑도 마찬가지일지 모르겠네요.

캐서린 앤 포터의 〈창백한 말, 창백한 기수〉는 1918년에서 1920년 사이, 세계적으로 수천 만 명의 목숨을 앗아간 스페인 독감이 유행하던 시기의 미국을 배경으로 하는 중편소설이에요. 제1차 세계대전의 광풍 속에서 인류 역사상 최악의 전염병이라고 불리는 재앙까지 퍼졌으니 그야말로 흉흉한 시절이었습니다. '창백한 말, 창백한 기수'는 성경에서 유래한 죽음의 상징인데, 흑인 영가에서 일종의 저승사자로 등장해요. "창백한 말, 창백한 기수여, 내 사랑을 데려가지 마오…"라는 가사로 시작되는 이 영가는 소중한 사람을 하나둘씩 여의는 슬픔을 노래하고 있어요. 엄마, 아빠, 형제, 누이, 연인까지 잃은 화자는 제발 사랑하는 사람을 더 이상 빼앗지 말아달라고 죽음에 애원하지요.

죽음이 무자비한 까닭은, '나'의 소중한 사람들을 그토록 가차없이 데려가면서도 정작 '나'는 데려가주지 않는다는 점에 있어요. 이 노래가 불린다는 것은 적어도 노래하는 한 사람은 죽지 않고 남아 있다는 뜻이겠지요. 누군가는 이 세상에 남아 죽은 사람들을 애도할 수 있도록, 그들에 대한 사랑을 기억할 수 있도록.

소설 〈창백한 말, 창백한 기수〉의 주인공은 스물네 살 여자와 그와 동갑의 연인입니다. 정확히는 여자 쪽이 주인공인데, 셋방살이를 하는 가난한 신문 기자이고 이름은 미란다라고 해요. 그의 연인 애덤은 잠깐 휴가를 받아 도시에 머물고 있는 군인이고요. 보름 정도의 짧은 휴가가 끝나면 애덤은 공병대에 복귀해 전방으로 나가서 참호를 파야 해요. 참호를 파는 일은 전장에서 군인이 맡을 수 있는 온갖 임무 중에서도 극도로 위험한 축에 속합니다. 참호를 파는 작전을 개시한 직후부터 평균 생존 시간이 고작 9분이라는 통계가 있을 정도로요. 미란다는 애덤이 죽음으로 걸어 들어간다는 것을 뻔히 알면서도 '창백한 기수'에게 빼앗기는 수밖에 없는 처지입니다.

그래서 두 사람은 자신에게 주어진 시간을 "한 순간도 낭비하지 않고 써먹"으려 애써요. 눈앞에 닥친 죽음과, 발밑에 도사리는 불안과, 세상을 향한 분노를 애써 외면하며. 미란다의 회사에는 전쟁 자금 조달을 위한 국채 판매인이 들이닥치고, 극장 광고 시간에는 애국심을 고취하고 적국을 증오하는 연설이 나오고, 신문이며 잡지에는 전쟁을 정당화하는 프로파간다가 나돌고, 길거리에는 신종 전염병으로 죽어가는 사람을 싣기 위한 구급차와 사망자를 나르는 운구차가 끊임없이 지나다니고, 물자가 모자라서 커피에 각설탕 하나 넣기 어려운 상황이지만… 이런 상황에서도 두 젊은 연인은 데이트를 합니다. 아니 그렇기 때문에 더더욱 데이트를 하죠. 시시껄렁한 농담을 주고받고, 유년 시절의 꿈에 대해 이야기하고, 젊은이들을 전쟁터로 떠미는 늙은 정치인들을 냉소하고, 춤을 추고, 노래를 부르고, 같이 걷고, 바래다주고, 만지고, 키스하고… 지금의 우리와 별다를 것 없는 데이트를.

이 소설에서 인상 깊은 점들 중 하나는, 이 연인의 시한부 연애를 마치 우주의 톰 소령이 내려다본 '지구의 푸른 빛'처럼 황홀하게 묘사하지만은 않는다는 거예요. 물론 그들은 "스물네 살의 두 사람이 지금 이 순간 지구상에 함께 살아 있다는 것, 그 단순하고도 사랑스러운 기적"을 소중히 여기며 함께하는 1분 1초를 움켜쥐려 안간힘을 쓰지만, 캐서린 앤 포터는 두려움과 불안과 자기기만이 우리의 손발을 옭아맬 때 1분 1초를 붙잡는다는 것이 얼마나 어려운지도 잘 알고 있어요. 지금 우리도 그렇잖아요. 코로나19로 234만 명이 사망했음에도 죽음은 우리 곁에 바싹 붙어 있는 것처럼 실감되지 않을 때가 많죠. 그래서 부족하게라도 최선을 다하기보다는 '코로나가 끝나면 제대로 하자'고 일을 미루는가 하면, 죽음에서 눈을 돌리고 모른 척하다가 소중한 사람을 감염시키기도 하죠…. 미란다와 애덤도 비슷해요. 미란다는 애덤을 사랑하지만 사랑한다는 말도 솔직히 꺼내지 못하고 주저하며 시간을 흘려보냅니다. 애덤은 곧 죽을 사람이니까, 그와의 미래를 상상할 수 없으니까. 미란다는 미래에 대한 공포에—정확히는 미래가 부재한다는 공포에 마음을 뺏겨 자신에게 주어진 전부에 집중하기 힘들어합니다.

　　아무리 완강하게 팔을 내저어 헤엄쳐도 조수에 휩쓸려서 조금씩 뒤로 밀려나는 사람처럼, 둘이 서로에게 다가갈수록 가까워지기보다는 오히려 점점 더 멀어지는 듯했다. 내디디는 걸음 하나하나가 위험천만하게 느껴졌다. '나는 사랑하고 싶지 않아.' 그녀는 자기도 모르게 생각했다. '애덤은 안 돼. 시간이 없고, 우린 마음의 준비도 안 돼 있고, 하지만 이게 우리가 가진 전부인….'

　　이렇게 망설이던 미란다가 마침내 애덤에게 사랑한다고 말할 수 있게 된 것은, 미란다 자신이 스페인 독감 확진 판정을 받은 이후였습니다.
　　글쎄요, 사랑할 수 있는 '시간'과 '준비'가 충분할 때라는 것은 애초에 존재하지 않는 건지도 몰라요.

스페인 독감의 잔인하고도 독특한 점은 그 병이 주로 젊은 사람들을 죽였다는 거예요. 감염병은 노약자에게 치명적인 것이 보통인데, 스페인 독감의 희생자 중 거의 절반은 오히려 젊고 건강한, 20세에서 40세 사이의 청년이었다고 합니다. 정확한 이유에 대해서는 여러 설이 있지만 이 지면에서 다루기는 어려울 것 같네요. 다만 그 시대의 젊은이들은 전쟁으로 죽거나 병으로 죽거나 둘 중 하나였던 것을 생각하면, 마치 신이 청춘을 미워한 나머지 대홍수보다 더 선택적인 방법을 동원해 젊은이들을 골라 죽인 것은 아닐까 하는 의심마저 들어요.

때로 이 세상은 젊음을 질투하고, 젊은이들의 사랑은 더더욱 미워하는 것 같아요. 지금도 수많은 연인들이 사랑을 불가능하게 하려는 세상의 온갖 방해 공작에 맞서며, 연인을 '창백한 기수'에게 빼앗기지 않기 위해 분투하고 있겠죠. 코로나 시대의 연인들이, 우리가, 이 아슬아슬한 전쟁에서 승리하기를 기원하며 이만 줄입니다. *Amil*

그때 애덤이 말했다. "춤추자." 이곳은 비좁고 조잡하고 번쩍거렸고, 사람으로 미어터지고 공기는 덥고 연기가 자욱했지만, 이보다 더 좋을 순 없었다. 신나는 음악이 나오고 있으니까. 그리고 삶은 어차피 완전히 미쳐 돌아가는 것이다. 그럼 뭐 어때? 우리가 가진 게 이건데. 애덤과 나, 우리 사이에서 나올 건 이게 다야. 우린 이런 식이야. 미란다는 생각했다. 하지만 한편으로는 그에게 이렇게 말하고 싶었다. "애덤, 꿈에서 깨어나 내 말 좀 들어 봐. 나 가슴이, 머리가, 심장이 아파. 이건 진짜야. 나는 온몸이 아프고, 너는 생각만 해도 견딜 수 없는 위험에 빠져 있어. 그러니 우리 서로를 구해 주지 않을래?" 그의 어깨를 잡은 손에 힘을 주자, 그녀의 허리에 둘러진 그의 팔이 재깍 팽팽하게 조여들었다. 그대로 그녀를 단단히 받친 채 애덤은 팔을 움직이지 않았다. 둘은 말없이 서로에게 끊임없이 미소를 보냈다.

캐서린 앤 포터, 〈창백한 말, 창백한 기수〉, 김지현 옮김

# 빌딩의 숲

야광토끼

나는 당신이 어린 시절에 무엇을 무서워했는지 궁금해요. 침대 밑의 유령을 무서워했나요? 캄캄한 어둠이 두려워 불을 켜두고 잠들곤 했나요? 영화에 등장한 괴물이 오랫동안 뇌리에서 떠나지 않고 당신을 괴롭혔나요? 그럴 때 당신은 무엇을 벗 삼아 그 시간을 견뎌냈을까요?

나는 사실 특정한 대상을 무서워했던 기억은 잘 나지 않아요. 기독교 집안에서 외동으로 자랐기에 성경을

23

바탕으로 우주에 대한 관점을 배웠고, 기독교인이 죽으면 천국으로 간다고 배워서인지 죽음이 그다지 두렵지 않았던 것 같아요. 반면 악마와 종말에 대한 막연한 두려움을 갖고 자라긴 했습니다. 하지만 그건 일종의 흥분과 죄악감이 동반된 감정이었어요. (요한게시록을 얼마나 재미있게, 몇 번이고 거듭해서 읽었는지 몰라요. 재미있으라고 쓴 책이 아닐 텐데….)

다만 큰 공포에 사로잡혔던 에피소드가 있어요. 그일은 아주 선명하게 기억이 나네요. 아마 네다섯 살 무렵이었을 거예요. 우리 집은 그때 어린 푸들 강아지를 키우고 있었어요. 어느 날 밤 자다가 깼는데, 집 안에 텔레비전만 켜져 있고 엄마와 아빠가 없는 거예요. 강아지만 옆에 있었어요.

그때 나는 얼마나 무서웠는지 몰라요. 전화를 거는법도 모르고(어차피 그때는 휴대전화도 없었으니 어디다 걸어야할지도 몰랐겠네요), 그러니까 어디냐고, 언제 오냐고 물어볼 수도 없고, 울고 소리 질러봐도 듣는 사람 하나 없고… 정말 어쩔 줄을 몰랐어요. 대체 어떻게 갑자기 엄마와 아빠가 내 곁에서 감쪽같이 사라져버릴 수 있는 건지 이해가 되지 않았어요. 그게 무슨 의미인지조차 몰랐죠. 익숙했던 집 안은 온통 낯설기만 하고, 나랑 아무 관련 없는 어른들의 말소리와 웃음만 흘러나오는 텔레비전 화면은 살풍경해 보이고, 모든 것이 위협적이고 막막하게만 느껴졌어요. 세상 한가운데에 혼자 남겨진 것처럼요. 아마 그게 내가 처음으로 엄마, 아빠와 완전히 떨어져본 경험이었던 것 같아요.

당신에게는 동기同氣가 있나요? 보호자 없이 자매끼리, 형제끼리 둘만 남았을 땐 어떤 느낌이었나요? 만약 내게 동생이나 언니가 있었다면 그때 그렇게까지 무섭지 않았을까 종종 궁금하더라고요. 물론 그때 나도 혼자는 아니었어요. 곁에 강아지가 있었으니까요.

지금 그때의 기억을 떠올리면 가장 먼저 마음에 걸리는 건, 이름도 기억나지 않는 그 아기 푸들이에요. 강아지는 내가 엉엉 소리 내 울자 덩달아 잠에서 깼고, 뭐가 문제인지도 모르고 꼬리를 흔들며 다가왔어요. 나는 어린 마음에 그 애가 야속했던가 봐요. 뭐가 좋다고 꼬리를 흔드는 거니, 내가 지금 얼마나 무섭고 슬프고 외로운지도 모르는 거니, 너는 나한테 아무 도움도 안 되잖아.

이런 마음으로 화를 내면서 강아지를 밀어냈어요. 분명 평소에는 그 애를 좋아하고 귀여워했을 텐데, 그 순간에는 그렇게 밉더라고요. 내게 위로가 되어주지 못해서. 내게 엄마 아빠를 돌려주지 못해서. 엄마 아빠처럼 나를 달래주고 보호해주지 못해서….

나중에 커서 엄마한테 들은 이야기로 그 푸들은 펫숍에서 온 아기였고, 우리 집에 온 지 얼마 되지 않아 장염으로 세상을 떠났다고 해요.

그 아이의 죽음은 기억나지 않아요. 죽음을 두려워하지 않는 아이였던 나는, 그 아이가 갑자기 내 곁을 떠난 일을 어떻게 받아들였을까요?

두 살배기 시추 한 마리를 키우는 어른이 된 지금에 와서 돌이켜보면, 그때 작은 아파트 방 안에서 이불로 몸을 감싸고 있던 어린 나와 어린 푸들은 결국 비슷한 처지였던 것 같아요. 인간 어른의 손길 없이는 하루도 살아가기 어려운 작고 무력한 아이들. 주변의 모든 것이 감당할 수 없이 크고 넓기만 하고, 혼자 힘으로 먹이를 구해본 적도, 길거리에서 생존하기 위해 싸워본 적도 없는. 위험천만한 세상에 함께 팽개쳐진 그 아이에게 내가 조금 더 친절했더라면 좋았을 텐데 하는 후회가 남아 있어요. 나

를 마냥 좋아해주었던 그 애를 내가 밀어냈을 때, 그 애
는 어떤 기분이었을까? 그렇게 빨리 세상을 떠날 줄 알
았더라면 더 잘해줬을 텐데.

알아요, 그땐 나도 어렸다는 거. 하지만 어린아이에
게도 죄책감은 오래 남더군요.

이제 더 이상 밤에 혼자 집에 있는 게 무섭지 않지
만, 세상에는 여전히 크고 무서운 것들이 있고, 가끔씩
나는 그 틈바구니에 덩그러니 남겨진 아이가 된 것처럼
느껴요. 그럴 때면 당신에 대한 나의 사랑이 어린 날의
그 밤처럼 속절없이 허물어질 것만 같아 두렵기도 해요.
세상에 대한 막막한 공포를 감당하지 못해 당신을 밀어
내지 않기 위해, 나는 그저 당신의 손을 꼭 잡고 싶어요.
우리가 비록 둘 다 똑같이 작고 여리더라도, 우리 둘의
힘으로는 아무것도 이겨낼 수 없을 것 같더라도, 그렇다
하더라도. *Amil*

늘어지는 그림자가 다시

짧아지고 다시 져버릴 때까지

우리는 사랑을 나누고

어린 시절 무서웠던 얘길 해주지


그땐 그렇게 크고 무섭던 것들이

지금은 아무렇지도 않다는 게 더 놀라워

커튼 밖의 세상은 너무 빠르게

모든 게 변해가는데


네 옆의 난 아직도

어둠이 무서운 어린 시절 소녀 같은 마음이야

세상 틈 사이에서

하루 자고 일어나면 불쑥 자라나는

빌딩 숲 사이에서

우리의 사랑은 얼마나 큰 힘을 가지고 있을까

자꾸 생각해봐도 두려운 마음만 앞서

느려지던 심장이 다시
빨라지고 다시 뛰기 시작할 때까지
우리는 서로 마주 보고
우리에게 일어날 일들을 얘기하지

그대 앞에서 약해진 내 모습이
조금은 우스워 보일지도 몰라요
기대고만 싶어요 나도 모르게
그냥 이대로 있어줘

네 옆에 난 아직도
어둠이 무서운 어린 시절 소녀 같은 마음이야
세상 틈 사이에서
하루 자고 일어나면 불쑥 자라나는
빌딩 숲 사이에서
우리의 사랑은 얼마나 큰 힘을 가지고 있을까
자꾸 생각해봐도 두려운 마음만 앞서

야광토끼, 〈빌딩의 숲〉

## 동백과 다프네

안녕, 그동안 잘 지냈나요? 이제 정말로 봄이 훌쩍 다가온 것 같아요. 좀 바쁘더라도 주변에 깃든 봄을 느끼는 여유를 갖고 지내고 있기를.

나는 며칠 전 여수에 여행을 다녀왔어요. 동백꽃으로 유명한 오동도에 갔는데, 아직 만개하지는 않았지만 붉은 보석처럼 곳곳에 매달린 꽃송이를 많이 보고 왔답니다. 잎사귀들 사이로 숨바꼭질하는 새들의 날갯짓 소리 너머로 동백 꽃송이가 바닥에 툭 떨어져 구르는 소리도 들었고, 꽃섬을 둘러싼 바다도 싫증 날 만큼—물론 정말로 싫증이 나진 않아요—구경하며 거닐었어요.

나는 여행지에 가면 그곳에 대한 이야기를 접하는 걸 좋아하는 편이에요. 어떤 전설이 내려오는지, 그곳에서 살았던 인물의 생애는 어땠는지, 어떤 역사를 거쳐서 거리들과 건물들이 조성되었는지… 배경 지식에 연연하기보다는 바로 지금 눈앞에 펼쳐진 풍경에 집중하는 편이 낫지 않을까 생각할 때도 있지만, 그래도 관련된 이야기를 얻으면 그 풍경을 어떤 의미로 기억할지 알 수 있어서 좋더라고요. (아마 내가 이런 사람이니까 이야기를 다루는 일을 하게 된 거겠죠.) 아무튼 그래서 오동도의 동백꽃에 관한 팸플릿을 정독했는데, 이런 전설이 눈에 띄었어요.

어부와 함께 살던 아름다운 아낙이 도적에게 쫓겨 창파에 몸을 던지자, 남편은 슬퍼하며 오동도 기슭에 아내를 묻었다. 그러자 북풍한설이 몰아치던 그해 겨울부터 무덤가에 붉은 꽃이 피어났다. 바로 그 여인의 절개가 동백꽃으로 환생하였다는 전설이 전해지고 있다. 때문에 동백꽃을 여심화 女心花라고도 부른다.

많이 들어본 종류의 이야기지요? 남자에게 몸을 허락하지 않으려고 도망치다가 차라리 죽음을 선택한 여자가 식물로 다시 태어났다는 이야기. 한국만이 아니라 세계적으로 흔하게 전해지는 유형의 설화인 것 같아요.

그리스 신화에서도 아폴론에게 쫓기던 다프네가 월계수로 변했고, 판에게 쫓기던 시링크스는 갈대로 변했죠. 이야기의 전개도 거의 비슷해요. 예컨대 다프네는 굉장한 미모를 가진 님프였지만 누구에게도 사랑을 주지 않는 싸늘하고 순결한 처녀였는데, 어느 날 그를 애타게 사랑한 아폴론의 추적을 받게 됩니다. 숨가쁘게 숲을 가로질러 도망치다 강을 맞닥뜨린 다프네는 끝내 강의 신에게 이렇게 외쳐요.

"저를 도와주세요! 너무 많은 남자들에게 호감을 샀던 제 모습을 바꾸어 없애주세요!"

그래요, 미모라는 게 다프네에게 도대체 무슨 소용이었겠어요? 그저 삶을 고단하고 숨가쁘게 만드는 성가신 요소일 뿐이었겠죠.

슬프거나 억울한 삶을 살다 죽은 사람들을 신이 가엾게 여겨 새로운 형태의 삶을 부여했다는 맥락의 이야기는 아주 많지만, 그중에서도 이렇게 '도망'하다가 '식물'이 된 여자들의 이야기는 볼 때마다 슬프고 답답한 것 같아요. 마지막 순간까지 스스로의 의지로 어디론가 가지 못하고 쫓기기만 하다 죽어야 했던 여자라면, 하다 못해 새나 나비로 다시 태어나기만 해도 참 개운할 텐데 말이에요. 그런데 새는커녕 한 곳에 붙박여야 하는 식물로 태어나다니, 그게 무슨 얄궂은 환생인가 싶지요.

그런데 또 한편으로, 나는 이런 이야기들에서 어떤 기묘한 매혹을 느끼는 것 같기도 해요. 왜일까요? 정확히는 이런 이야기에서 나타나는 식물성에 늘 관심이 가요. 어디로도 갈 수 없지만 그렇다고 도망칠 필요도 없는 존재, 그 굳건한 정지 상태 말이에요.

다프네는 자신의 미모를 없애달라고 기도해 월계수로 화했지만, 월계수라고 해서 아름답지 않은 것은 아니었어요. 은빛 나는 나무껍질, 사계절 짙푸르고 신비한 향기가 나는 잎사귀, 작은 별무리 같은 꽃들… 아폴론은 그 나무마저 다프네로 여기고 사랑했다고 하죠. 하지만 그를 가질 수는 없었어요. 아무리 그 껍질을 어루만지며 말을 걸어도, 가지를 꺾어 월계관을 만들어 써도, 악기와 화살통으로 만들어 애지중지해도 월계수는 아폴론에게 웃어주지도, 안겨주지도, 대답해주지도 않고 다만 홀로 아름다울 뿐이었어요. 아폴론이 아니라 다른 어떤 남자가 무슨 짓을 하더라도 월계수의 침묵만은 깰 수 없었겠죠. 그는 그렇게 영원히 침묵할 것이고, 자신의 아름다움에 철저히 무관심하겠죠.

그 완벽한 거절의 맥락은 생각할수록 놀라워요. 철저한 침묵 앞에서 아폴론이 할 수 있는 사랑의 방식은 다만, 그 자신도 엄연히 올림푸스의 신임에도, 월계수라는 나무를 신성시하는 것밖에 없을 거예요. 월계수에 승리와 영예의 뜻을 부여하고, 그것으로 최고의 시인과 예술가의 이마를 장식하고, 정원에 심어두고 지켜보며 다만 감탄하고 또 감탄하는 일.

사랑이 우리에게 말을 걸어주지 않을 때, 사랑은 필경 숭배로 바뀌는 것 같아요.

당신은 누군가를 숭배한 적이 있나요? 가끔 내 사랑은 숭배와 구분하기 어려울 때가 있어요. 침묵하는 월계수를, 미소 짓지 않는 조각상을, 아무 전조 없이 파도에 떨어져 죽음을 맞는 동백꽃을 사랑할 때가 있어요. 아마도 내가 고결한 것을 좋아하기 때문일 거예요.

있잖아요, 그거 알아요? 나는 이 편지를 받는 당신이 침묵하고 있다는 점이 마음에 들어요. *Amil*

게스트

세라 워터스

고 변희수 하사의 부고로 슬픈 한 주였습니다. 고인이 생전에 우리에게 전해주었던 희망과 용기를 되돌려줄 수 없어서 미안한 마음입니다. 그리고 당신의 안부가 어느 때보다 궁금해요. 잘 지내고 있나요. 외롭거나 무섭지는 않나요. 때로 당신이 보낼 그 막막한 밤을 내가 어떻게 해야 조금이라도 걷어줄 수 있을까요.

나는 지금 솔직히 무서운 것 같아요. 당신에게도 결국 내가 희망이 되어줄 수 없을까 봐, 우리가 각자의 외로움과 두려움 속에서 결국 혼자일까 봐 말이에요.

당신이 하고 있던 생각이 무엇이든 잠깐 멈추고, 내 이야기를 한번 들어주지 않을래요? 오늘 당신에게 들려줄 이야기는 영국 작가 세라 워터스의 《게스트》예요.

《게스트》는 제1차 세계대전이 끝난 직후의 런던을 배경으로 벌어지는 레즈비언 로맨스 소설이랍니다. 물론 세라 워터스 소설이니만큼 결코 나긋나긋한 연애담은 아니에요. 피와 증오, 속임수, 살인 사건이 빠질 수 없죠. 장장 740쪽에 걸쳐 주인공들이 누군가를 속이고 또 속아넘어가고, 죽일 듯 미워하다 죽일 듯 섹스하는 과정이란… 불면의 밤도 금세 지나갈 만큼 짜릿하고 흥미진진해요. 이 재미를 당신이 누릴 기회를 빼앗을 순 없으니 여기서 살인 사건과 관련된 이야기는 하지 않을게요. 다만 나는 두 주인공이 나누는 사랑의 한순간에 대해 말하고 싶어요.

《게스트》의 주인공 프랜시스는 런던 남부에서 홀어머니를 모시고 사는 비혼 여성입니다. 유서 깊은 상류층 가문에서 자란 기품 있는 숙녀이지만, 또 한편으로는 한때 반전주의와 여성주의에 열렬히 투신했던 운동권으로서 털털하고 투박한 성격의 '인문대 부치' 같은 캐릭터이기도 해요. 모순된 기질을 갖춘 매력적인 주인공이죠? 아무튼 프랜시스의 가문은 이제 가세가 기울어서 하인을 고용하기는커녕 생계를 걱정할 처지가 되었기에, 그녀는 으리으리한 저택의 방 한 칸에 세를 놓아서 임대료를 생활비에 보태고자 합니다. 그렇게 해서 한 중산층 부부가 이 조용하고 오래된 저택에 들어오는데… 이때부터 프랜시스는 걷잡을 수 없는 사랑에 빠집니다. 물론 아내 쪽과 말이에요.

어떤 사람들은 자신과 정반대의 사람에게 끌린다고 하죠. 프랜시스도 그랬나 봐요. 릴리안 바버 부인은 프랜시스와는 여러모로 판이하거든요. 시장통 옷가겟집 딸인 릴리안은 학식이 없고 사회의식은 희미하고, 지극히 상냥하고 감상적인 성격에다, 어딘지 비밀스러운 매력이 있는 여자입니다. 스스로 헤테로인 줄로만 알고 살아온 릴리안은 프랜시스와 겪는 모든 것이 처음이라 놀라워하고 경이로워해요. 반면 프랜시스는 스스로를 확고하게 레즈비언으로 정체화한 지 오래이지만… 릴리안과의 모든 것이 놀랍고 경이로운 것은 프랜시스도 마찬가지입니다. 릴리안과의 사랑은 처음이잖아요. 이전 연애는 이전 연애죠. 바로 지금 눈에 보이고 손에 만져지고 혀에 느껴지는 릴리안의 모든 것에 프랜시스는 전율합니다.

둘은 떨어지지 않았다. 담백한 키스를 계속해나갔다. 그러다 보니 그걸 계속 하고 있다는 것 자체만으로도 키스는 담백하지 않게 되었고, 어느새 둘은 서로에게 안겨서, 서로를 단단히 부둥킨 채로 키스하고 있었다. 잠옷과 가운만 입은 릴리안의 몸은 거의 벌거벗은 것이나 다름없이 느껴졌고, 그녀의 가슴과 골반이 눌리고 부딪어오면서 동시에 입술이 열리고 촉촉한 속살이 느껴지자, 둘의 포옹이 들썩 흔들리면서 확신이 깃들었다… 프랜시스가 이제껏 겪은 그 무엇과도 다른 경험이었다. 피부의 껍질이 벗겨진 것만 같았다. 입술만이 아니라 신경으로, 근육으로, 피로 키스하는 것 같았다. 거의 감당하기 벅차다는 느낌이 들었을 때, 둘은 입술을 떨어트렸다. 그들의 호흡이 어지럽게 흐트러지고 심장이 쿵쾅거렸다. 릴리안이 초조하게 뒤를 돌아보더니 소곤거렸다.

"우리 그만해야 돼, 프랜시스!"

프랜시스는 릴리안을 붙잡았다. "하기 싫어?"

"누가 오기라도 하면…."

"레너드가 올 리 없잖아? 그렇지?"

"그이는 안 올 거야. 하지만 너희 어머님이…."

"안 오실 거야. 만약 오더라도 소리가 들릴 거고. 키스하게 해줘."

에로틱하고 긴장감 넘치는 장면이죠. (이 소설의 상당 부분은 이렇게 에로틱하고 긴장감 넘치는 장면들로 이루어져 있어요.) 이 긴장감은 무엇보다도 둘 사이가 불륜이라는 데에서 비롯됩니다. 둘은 한 집에 살고 있고, 프랜시스의 방과 릴리안의 방은 겨우 복도 하나를 두고 떨어져 있지만, 릴리안의 남편과 프랜시스의 어머니 역시 같은 집 안에 버티고 있기에 둘의 만남은 지극히 위험천만한 일이 되어버려요. 매번 남편이나 어머니에게 들키지 않을까 마음을 졸이며 빠듯하게 밀회를 나누는 둘 사이는 그만큼 절박하고 애절해지죠.

불륜의 쾌락에는 응당 고통도 따릅니다. 배우자를 기만하고 있다는 죄책감, 상대방을 내 것으로 만들 수 없다는 번민, 서로를 파멸로 몰아가고 있다는 자괴감… 이 모든 것은 불륜 로맨스에서 일반적으로 나타나는 갈등이겠죠. 하지만 프랜시스와 릴리안의 경우에는 또 다른 특수한 요소가 추가됩니다. 동성끼리의 로맨스라는 점 말이지요.

프랜시스는 의문이 들었다. 이 곤경의 본질이 무엇인지가 헷갈렸다. 둘 다 여자라는 점? 릴리안이 유부녀라는 점? 그 두 가지가 엉망진창으로 꼬여버린 것 같았다. 머릿속에서 한 가지를 풀어봤자 나머지 한 가지가 여전히 꼬여 있었고, 그것까지 기껏 풀어냈을 땐 먼젓번 것이 도로 꼬여버렸다. 무언가 이 모든 문제를 설명해줄 단어가, 표현이, 열쇠가 있을 텐데… 도무지 생각나지 않았다. 찾을 수가 없었다.

어쩌면 이것이 《게스트》 전체를 관통하는 주제 중 하나라고 할 수 있을 것 같아요. 소수자성이 기성 사회의 도덕 규범을 어디서부터 어디까지 위반하는 것인지 때로는 굉장히 모호하다는 점…. 생각해봐요. 헤테로 커플이 불륜을 저지를 때 겪는 곤경과, 동성 커플이 불륜을 저지를 때 겪는 곤경에는 본질적으로 다른 부분이 있어요. 헤테로 커플이 만날 때는 둘 사이에 로맨틱하거나 섹슈얼한 기류가 없어 보이게끔 위장하는 것이 관건이겠죠. 이 사회는 남녀가 가까이 붙어 있기만 해도 애정 관계일 거라 쉽게 짐작하니까, 이들 커플은 자신에게 쏠릴 의심을 피할 방법을 어떻게든 강구해야 할 거예요. 하지만 레즈비언 커플은 좀 달라요. 헤테로 정상 사회에서는 여자 둘이 붙어 있다는 이유만으로 애정 관계일 거라 짐작하지는 않으니까요(이걸 시쳇말로 '편견이 지켜준다'고 하더군요).

그래서 이 레즈비언 불륜 커플, 프랜시스와 릴리안은 자신의 치정이 쉽사리 들키지 않을 수 있다는 것에 안도하면서도, 한편으로는 자신의 관계가 그토록 들키기 어렵다는 것, 사람들이 둘의 사랑을 도통 알아봐주지 않는다는 것에 좌절하기도 합니다. 헤테로 불륜 커플이라면 주말을 틈타 아는 사람이 아무도 없는 곳, 그러니까 어디 지리산 같은 데라도 가서 알콩달콩 뽀뽀도 하고 상추쌈도 싸주고 하면서 대놓고 연애할 수 있겠죠. 이때만큼은 우리도 남부럽지 않은 부부 사이다, 하고 자기 최면을 걸면서요. 그러나 레즈비언 불륜 커플은 한순간도 그런 최면에 속을 수 없어요. 이들은 자신을 아는 사람이 있든 없든 간에 아예 남들 앞에서 연애 행각을 보인다는 것 자체가 위험한 일이라는 걸 크든 적든 의식하지 않을 수 없으니까요.

이런 상황에서 프랜시스와 릴리안이 위반하는 것은 릴리안이 남편과 맺은 일부일처의 약속이기도 하지만, 나아가 여성 동성애를 인정하지 않고 아예 없는 셈 치는 강력한 가부장제 규범이기도 합니다. 이 규범은 너무나, 너무나 강력해서 위반할 수는 있어도 깨뜨릴 수는 없죠. 릴리안과 남편의 부부 관계는 가족이며 친지, 친구, 직장 동료에게 인준받은 것이고, 신의 축복과 법의 수호를 받아 계약된 것으로서, 사람의 인생을 이루는 온갖 실질적인 요소에 의해 뒷받침되는 반면, 프랜시스와 릴리안의 관계는 아무리, 아무리 해도 그럴 수가 없으니까요. 릴리안은 비열하고 옹졸한 남편 때문에 괴로워하고 결혼 생활이 무의미하다고 생각하지만, 그럼에도 프랜시스의 눈에는 그 부부의 관계가 너무나 단단하고 영속적인 어떤 것, 자신의 힘으로는 도저히 대적하기 어려운 높은 산으로 보일 수밖에 없어요.

그래서 프랜시스는 릴리안과 함께 있지 않을 때면 곧잘 외로워집니다. 남편에게 들키지 않는 것만이 아니라 온 세상에 들키지 않기 위한 관계를 이어가며 프랜시스는 너무나 쉽게 불행해지고, 상대방과 자기 자신에 대한 불신과 의혹에 빠져들곤 합니다. 이 관계에 도대체 어떤 미래가 있을 수 있을까? 동성간의 사랑인 데다 불륜이기까지 해서 누구하고도 상의할 수 없는 관계를 이어가는 동안 프랜시스 자신은 올바른 판단력을 유지하고 있다고 할 수가 있나? 릴리안의 사랑이 과연 진심이기는 할까? 집이 비는 틈틈이 쫓기듯 섹스했을 뿐, 단 하룻밤도 같이 보낸 적 없는 릴리안에 대해 자신이 과연 무엇을 제대로 안다고 할 수 있을까?

무엇보다도 비참한 것은, 이럴 때는 자신과 상대방에 대한 믿음만이 아니라 사랑 그 자체에 대한 확신마저 흔들린다는 점이에요. 사랑만 확고하다면, 누가 뭐라든 둘 사이에서만은 그것이 정당하고 진실하다면, 그 사랑의 힘으로 불확실한 미래에 뛰어들 수 있겠죠. 릴리안의 남편에게 이혼을 통보하고 둘이서 용감하게 집을 뛰쳐나와 어디 셋방이라도 얻으면 되니까. 그렇게 해서 얻는 삶이 아무리 가난하고 고되더라도, 누구도 기만하지 않고 서로에게 신의를 지키며 떳떳하게 살아갈 수만 있다면 얼마든지 그런 삶을 선택할 수도 있을 거예요.

그러나 여기서 프랜시스와 릴리안의 사랑은 악순

환에 빠져 있어요. 그들의 사랑은 불륜이기 때문에 처음부터 정당할 수가 없고, 그렇다고 정당해지기 위해서 기존의 결혼 관계를 깨뜨리자니 동성간의 관계이기 때문에 또 그럴 수가 없고, 게다가 두 사람이 동성이기 때문에 세상 사람들은 그들의 사랑을 인지하지도 못하고 완벽하게 무시하는…. 우리의 사랑이 타인들 앞에서 정당해질 기회와 인정받을 기회를 모두 박탈당했을 때, 그 모든 것이 근거 없는 공허한 환상일지도 모른다는 의혹이 들 때, 우리의 용기는 근간부터 꺾이고 맙니다.

릴리안이 남편과 함께 짧은 휴가를 떠난 동안, 프랜시스는 저택에서 어머니와 함께 지내면서 릴리안과 나누었던 연정이 모두 그토록 덧없는 꿈이 아니었을까 하는 비참한 환멸에 잠깁니다. 어머니와 함께하는 낡은 일상은 변함없이 견고하기만 하고, 프랜시스 자신은 과거에도 지금도 그리고 미래에도 이 저택의 일상에 안주해야 할 운명이고, 릴리안과의 만남은 그저 짧은 일탈일 뿐이었을지도 모른다고. 그렇게 자신의 외로움과 두려움 속에 혼자 남아 막막한 밤을 보내던 프랜시스에게, 어느 날 릴리안의 편지가 도착합니다.

이 편지는 그대로 동봉하도록 할게요. *Amil*

내 사랑,

내 사랑,

나의 진정한 사랑.


나는 무진장 처량한 곳에서 촛불빛에 의지해 이
편지를 쓰고 있어. 여기는 욕실이거든. 상상이 돼? 수도
꼭지에서는 물이 계속 새고, 창문의 레이스 커튼은 지
저분하고, 세면대에는 붉은 머리 여자들 그림이 있어.
넌더리가 날 만한 곳이지만 난 이런 건 아무렇지도 않
아. 내 사랑, 너를 생각하는 동안에는 그 어떤 처량함도
참아낼 수 있어.

아, 내 사랑. 지금 네가 옆에 있으면 좋을 텐데. 내
가 어떻게 해야 하는지 네가 말해주면 좋을 텐데. 나 엄
청 외롭고 갇혀 있는 기분이야. 이 세상에 나를 조금이
라도 생각해주는 사람은 오로지 너밖에 없는 것 같아.
다른 사람들은 모두 내가 재미없대. 어젯밤에는 다들 나

만 빼놓고 공연 보러 가버렸어. 그래서 혼자 창가에 앉아 있는데, 밖에서 어떤 남자가 나한테 키스를 보내는 시늉을 하더라고. 네가 있었다면 그 남자를 어떤 표정으로 쳐다봤을지 생각하니까 막 웃음이 나오지 뭐야. 그런데 웃다 보니 너무 슬퍼서 눈물이 나왔어. 남자들은 지나가다가 아무 창가에 있는 아무 여자한테나 키스를 보낼 수 있고, 주변 사람들은 그 남자한테 잘 한다고 미소까지 지어 주는데, 어째서 우리 둘이 함께할 수 있는 방법은 없는 건지, 너무나 가혹하고 부당하다는 느낌이 들더라. 같이 롤러스케이트 탔을 때가 자꾸 생각나. 정말 멋지지 않았어? 그때는 네 팔 안에서 날 수도 있을 것 같았는데. 롤러스케이트를 신지 않고도 말이야.

아아, 왜 너는 여기 없는 거야! 집에 돌아갔을 때 네가 나를 잊어버렸을까봐 무서워. 아니면 네가 딴 여자를 좋아하게 됐을까봐. 예전에 너한테 들은 말 하나가 좀처럼 잊혀지지 않아. 내가 숭배받기를 좋아하는 것 같다던 말. 기억나? 나는 나를 숭배해주는 사람이라면 누구든 사랑할 거라고, 네가 그렇게 말했었잖아. 그런데 말이야, 지금부터 내가 이런 말 한다고 미워하지 말아줘. 나는 가끔, 너야말로 누구든 사랑할 거라는 생각이 들어. 네가 하필이면 나를 사랑하게 됐다는 게 가끔은 너무 신기해서, 너는 단지 너무 많은 걸 잃었기 때문에 나를 원하는 것뿐이라고 생각하게 돼. 그런 것만은 아니지? 그치?

내 말이 맞다면 맞다고 말해줘. 그리고 확신을 줘. 왜냐하면 프랜시스, 나는 너랑 함께할 수만 있다면 그 어떤 짓이라도 할 각오가 됐거든. 아, 나 여기다 네 이름을 적어버렸네. 지금 내 마음 한편에서는, 당당한 내 마음은, 이 편지를 그 작자가 확 봐버렸으면 좋겠다는 심정이야. 하지만 또 한편으로는, 내 소심한 일면에서는, 정말 그럴까봐 겁이 나기도 해. 나도 너처럼 용감하면 얼마나 좋을까!

나는 지금 우리의 캐러밴을 보고 있어. 이걸 여기까지 가져왔다는 거, 알고 있었어? 내 사랑, 너에게 키스를 보낼게. 무선을 통해 천 번의 키스를 챔피언 힐까지 보내고 있어. 느껴져?

xxxxxxxxxxxxxxxxxxxxxxxxxxxxxxxxxx

세라 워터스, 《게스트》, 김지현 옮김

포르노그래피

오늘은 좀 야한 이야기를 하려고
하니까 편할 때 이 편지를 읽어주기
를 바라요. 그러니까, 포르노그래피
에 대한 이야기예요.

당신이 인생에서 처음 본 포르노
는 무엇인가요? 내 경우는 좀 웃길 수
도 있는데, 열 살쯤엔가 우연히 본 일
본 춘화였어요. 네, 에도 시대 춘화요.
영화 〈아가씨〉에 나오는 것 같은, 다
양한 소재를 적나라하게 묘사한 판화
들. 인터넷에서 본 건 아니에요. 그때

는 PC통신 시대였고 설령 집에 PC와 모뎀이 있다고 해도 속도가 너무 느렸기 때문에 고화질 이미지를 받아보기가 쉽지 않았어요. 그냥 집에 점잖은, 정말로 매우 점잖은 월간 미술 잡지(반드시 《월간 미술》이었다는 뜻은 아닙니다만…)가 한 권 있었는데, 거기에 특별 기획 같은 꼭지로 일본 춘화가 실려 있었던 거예요. 아이들이 보라고 의도한 것은 당연히 아니고, 흥분하라는 의도도 아마 아니었을, 그저 옛 에로틱 미술 작품을 미학적으로 진지하게 다뤄보고자 하는 기획으로 실린 도판들이었죠.

그런데 지금 〈아가씨〉를 언급한 시점에서 그 기획 의도의 이면을 생각하지 않을 수 없군요. 기획위원이든, 편집자든, 독자든, 그런 걸 짐짓 근엄한 척 다루고 논했던 어른 중 내심 흥분하지 않은 사람이 있었으리라고는 조금도 믿을 수 없는걸요. 어른들은 하여간 기본적으로 내숭쟁이예요. 성 엄숙주의가 팽배했던 1990년대 한국의 어른들은 더더욱 내숭쟁이였고요. 춘화를 엄숙하게 다루겠다거나 하는 그런 시도는, 필연적으로 외설적일 수밖에 없다고 봐요. 춘화라는 텍스트 자체는 맥락에 따라 외설이 아닐 수도 있지만, 그것을 근엄하게 포장하며 남몰래 즐길 때야말로 외설이 출현하니까요. 포르노 소설을 작품이랍시고 젊은 여자에게 '낭독'시키고 그 광경을 점잖게 관람하며 내심으로 자위하고 있는 신사 관객들처럼.

하지만 당시 어렸던 나는 이런 사고까지 할 능력은 없었어요. 다만 그 춘화를 보며 깜짝 놀라고 또 이상한 흥분에 휩싸였는데, 아무리 봐도 흥분하라는 의도로 실린 게 아닌 것 같은데 혼자 왠지 흥분하고 있으니까, 내가 보면 안 될 것을 봤고 느껴서는 안 될 감정을 느끼는가 보다고 어림짐작할 뿐이었어요. 한편으로는 그렇게 무언가를 위반하고 있다는 감각 자체가 또 다른 흥분을 불러일으키기도 했죠. 이것은 내가 '길티플레저'라는 것을 선명하게 느꼈던 순간들 중 하나였습니다.

그런데 '길티'와 '플레저' 사이의 구분이 가능했던 순간이 언제였는지 기억나지 않네요. 그런 순간이 있기는 했을까? 죄스러운 것은 곧 쾌락적이고, 쾌락은 곧 죄스럽게 느껴지는데… 쾌락과 죄악감의 관계를 어린 시절부터 이런 식으로 학습하면 아무래도 문제가 생겨요. 결국 그 미술 잡지를 만든 어른들처럼 솔직하지 못한 어른이 되기 십상이라는 점에서요.

여자아이가 체득하는 길티플레저와 남자아이가 체

득하는 그것은 어떤 지점에서는 비슷할 수도 있겠지만 많은 부분에서 판이하게 다르다고 생각해요. 여자아이의 성욕은 남자아이보다 더 강하게 금기시되는데, 그 금기의 명분은 여자아이의 인신을 보호하기 위한 것이니까요. (섹스를 하면 네 몸이 상한다. 순결을 잃는다. 망신살이 뻗친다. 원치 않는 임신을 한다. 인생이 망한다…. 여자아이에게 주어지는 수많은 경고들을 떠올려보세요.) 이런 상황에서 여자아이들은 쾌락을 좇으려면 자기 자신을 파괴해야 한다고 여기게 되고, 따라서 스스로의 쾌락을 두려워하고 억압하며 살거나, 역으로 자기파괴적인 데에서 쾌락을 발견하는 것 같습니다. 또는 이 두 가지 사이의 긴장 속에서 굴절되고 왜곡된 쾌락으로 만족감을 느끼기도 하겠지요. 가령 남성적인 욕망을 자기 것으로 착각하는… 잠깐, 그런데 그것이 과연 착각일까요?

춘화 이후로 성장기에 내가 접한 포르노는 태반이 일본산이었어요. 〈동급생〉, 〈프린세스 메이커2〉, 〈유작〉 같은 남성향 게임과 토렌트에 떠돌았던 이름 모를 야망가, 또 그 비슷한 미소녀들이 등장하는 포르노 영상. 그 미디어 속에서 여자들은 카메라의 프레임 밖에 존재하는 익명의 남성을 만족시키기 위해 봉사하거나, 그 남성이 자신에게 행사하는 힘을 받아들이며 기뻐하는 모습을 보여주기 위해 존재하고 있었죠. 명백히 그 여성 인물들은 자신의 쾌락으로부터 소외되어 있었어요. 포르노에 등장하는 일본 AV 여성 배우들이 얼마나 폭력적이고 위험한 노동 환경에서 일하는지, 혹은 강간 문화가 포르노와 어떤 상호작용을 맺는지에 대해서까지는 알지 못했지만, 창작 과정과 문화적 맥락에 내재하는 폭력성은 텍스트의 표면에 어떻게든 드러나게 마련이고, 나 역시 어린 마음에 그런 것들을 보고 언제나 사라지지 않는 찝찝한 이물감과 자기혐오를 느꼈던 것 같아요. 하지만 한편으로는 분명 무시할 수 없는 쾌감이 있었어요. 나는 자신의 쾌락을 추구하기는커녕 발견하기도 어려워하는 여자들에게 나 자신을 이입하기도 했지만, 예쁜 여자들을 만족시키는 남성적 자아에 나 자신을 이입하기도 했습니다. 포르노를 보고 나서 내가 느낀 자괴감은 여성으로서 존엄을 짓밟혔다는 감각에서 비롯되기도 했지만, 동시에 무언가 순수하고 아름다운 것을 더럽힘으로써 쾌락을 느끼는 남성 주체의 것이기도 했다고 생각해요. 그렇게 분열된 감정 사이에서 나의 진짜 욕망과 죄악감은 무엇이었을까요, 그것이 과연 '진짜'와 '가짜'로 변별이

가능하기나 한 것일까요? 지금 나의 성정체성, 성적 지향과 그 경험 사이에는 어떤 연관이 있을까요?

그때 내가 접한 성인 콘텐츠는 오늘날 청소년이 인터넷에서 무분별하게 접하는 콘텐츠와 마찬가지로—그러나 조금 다른 맥락에서—유해했음이 틀림없습니다. 부디 여성 청소년이 자신의 욕망을 밝고 트인 곳에서 안전하고 자유롭고 솔직하게 탐색할 수 있는 기회가 더 많이 주어지기를 바라고 있어요. 그러나 과거에 그런 기회를 갖지 못한 소녀였던 나는, 아니 (실례를 무릅쓰고 감히 표현하자면) 우리는, 우리 주변에서 그나마 접근 가능했던 여성혐오적 포르노그래피의 언어를 통해서라도 자기 욕망의 언어를 어떻게든 찾아가려고 애썼던 것이겠죠. 왜냐하면 언어 외부에는 아무것도 존재하지 않고, 우리에게 주어진 기존의 언어는 태생적으로 '빻아' 있기 때문에, 우리가 우리만의 언어를 만들기 위해서는 '빻은' 언어를 이용하지 않을 수 없으니까요.

그런데 우리가 그런 경험을 '빻았다'는 이유로 삭제하고 없는 셈친다면, 그래서 우리 욕망의 근간을 모른 척한다면, 우리는 춘화를 잡지에 실어 보낸 그 어른들 같은 내숭쟁이가 될 테고, 우리가 유지하고 싶은 근엄한 태도를 뒤흔드는 존재들(주로 여자들)을 미워할 수밖에 없게 되겠죠. 이것은 결국 '주체성'을 찾는 일—스스로의 욕망을 자주적으로 추구하고 책임지는 존재가 되는 일과는 거리가 멀지 않을까요?

그러면 우리는 어떻게 해야 할까요.

다음 편지에서는 여성주의 포르노에 대한 이야기를 해보려고 해요. 정확히는 에리카 러스트라는 스웨덴 감독의 작품을요. 그는 안전한 제작 환경, 소수자 친화적이고 다양성을 존중하는 캐스팅, 기존 포르노 영화의 여성혐오적 연출을 벗어난 표현 기법으로 잘 알려져 있는데요. 여기까지만 얘기하면 너무 정치적 올바름만 추구하는 고리타분한 영화라고 느껴질 수도 있겠지만… 그게 꼭 그렇지만은 않더라고요. 내가 무엇보다도 흥미롭다고 생각한 건 사람들이 익명으로 투고한 섹스 판타지를 골라서 영화로 구현해주는 프로젝트인 '엑스컨페션 시리즈'였어요.

어때요, 재밌겠죠? *Amil*

## 엘스 시네마

에리카 러스트 필름

에리카 러스트는 스웨덴 출신의 영화 감독으로, 페미니즘 포르노그래피 운동의 대표주자 중 한 명입니다. 러스트는 2004년 〈굿 걸〉로 데뷔하고 2005년 '에리카 러스트 필름' 영화사를 세운 후 지금까지 여성의 시각, 여성의 쾌락을 중심으로 한 포르노 영화를 만드는 데 전념하며 큰 파장을 일으켰어요. 기존 주류 포르노 산업의 남성 중심성과 폭력성에 문제의식을 갖고, 포르노가 여성, 소수자 및 다양

한 개인이 스스로의 젠더와 섹슈얼리
티를 탐색할 수 있는 교육적 매체로
변화해야 한다고 주장해왔죠. 그의 작
품들은 페미니스트 포르노 어워드
feministpornawards.com를 비롯해 각종 영
화제에서 수상했고, 러스트는 출판 및
강연 등을 통해 활발히 목소리를 내며
2019년에는 BBC에서 '가장 영향력
있는 100명의 여성' 중 한 명으로 선
정되기도 했습니다.

　　포르노 영화라는 것은 태생적으
로 남성이 여성을 성적으로 착취하는
과정(영상의 내용 면에서나, 제작 방법 면에
서나)으로 이루어지는 것이라고만 생
각했던 나는 에리카 러스트의 논의를
처음 접하고 충격을 받았어요. 여성을
위한 성적 유희거리는 죄책감을 덜기
위해 여러 겹으로 굴절된 우회적 텍
스트(예컨대 BL이라든지)로 존재할 수밖
에 없다고 막연히 생각했고, 여성의

자기 보호를 위해 포르노 영화를 보지 않을 뿐만 아니라 보이콧하는 것이 최선이라고 믿었거든요. 그런데 직설적인 포르노 영화라는 것이 여성 중심일 수도 있고, 또 이미 그런 지향점으로 생산되는 포르노 작품이 있었다니! 게다가 그것이 우리의 쾌락과 욕망을 탐구하고 재발견하기 위한 교육적 수단이 될 수도 있다고? 정말이지 획기적인 발상의 전환으로 다가왔죠.

에리카 러스트 필름 영화사가 추구하는 가치는 다음과 같습니다.

- 평등한 쾌락 : 우리는 여성의 쾌락을 중요하게 여깁니다. 우리 영화에서 여자들은 남자를 기쁘게 하기 위한 수동적 대상이 아니라 스스로의 성욕과 충동을 가진 존재로 그려집니다.
- 다양성 : 우리는 모든 인간을 존중하며 평등하게 대변합니다. 배우들을 특정한 체형, 능력, 나이, 인종 등의 유형으로 한정 짓지 않습니다.
- 공정한 보수 : 우리는 인턴부터 배우에 이르기까지 모든 스태프에게 공정한 보수를 지급합니다. 당신이 우리 포르노를 구입하면 당신의 돈이 그

포르노에 참여한 모든 사람에게 적절하게 돌아간다는 의미임을 보장합니다.

• 투명성: 우리는 숨길 것이 없습니다. 우리가 하는 일을 자랑스럽게 여기기 때문이죠. 여느 포르노 사이트와 달리 우리 작품에는 제작에 참여한 모든 사람의 이름을 기재합니다.

• 안전한 섹스 환경: 우리의 모든 촬영 현장에서 배우들은 반드시 성병 검사 결과를 제출해야 하며 안전한 섹스를 위한 수단을 채택해야 합니다.

• 철저한 동의: 우리 영화의 모든 부분은 사전에 모든 배우들과 협의를 거쳐 동의 하에 촬영되었습니다.

• 편안한 노동 환경: 우리는 촬영중에 여러 번의 휴식과 음식을 제공하며 편안한 분위기를 조성합니다.

에리카 러스트 필름이 운영하는 포르노 사이트는 여러 곳이 있는데, 러스트 시네마 lustcinema.com 가 대표적이에요. 이곳은 주류 포르노 산업에 대항하여, 질적으로나 윤리적으로나 탁월한 수준의 작품을 선별해, 소비자들이 스파이웨어나 지저분한 팝업창 없이 투명하게 돈을 내고 작품을 사볼 수 있도록 만들어진 사이트예요. 에리카 러스트 필름 외에도 전세계의 다양한 포르노가 실려 있죠.

그리고 엑스컨페션xconfessions.com이 있는데, 여기가 상당히 흥미로워요. 일종의 크라우드소싱 포르노 사이트라고 할 수 있는데요. 사람들이 익명으로 자기 성적 판타지나 내밀한 이야기를 올리면, 에리카 러스트를 비롯한 감독들이 선별해 단편 포르노 영화로 만들어주는 거예요. 이러한 방식으로 주류 성적 담론에서 배제된 다양한 사람들의 욕망을 대변하는 작품이 만들어질 수 있겠죠. 이건 창작자 입장에서도 상상의 한계를 넓힐 수 있고, 소비자도 자기 상상을 구현할 수 있다는 점에서 윈윈하는 전략인 것 같아요. 그리고 이런 걸 안전하게 투고할 수 있는 공간이 있다는 것 자체가 주는 의미도 있죠. 투고 글을 쓰는 단계에서 이미 자기 자신의 욕망을 알아가는 기회가 될 수도 있겠고요. (당신도 한번 해볼래요?)

마지막으로 엘스시네마elsecinema.com가 있습니다. 엘스ELSE는 '에리카 러스트 소프트 에디션'의 약자인데요, 말 그대로 '뭔가 다른 것else'을 원하는 관객에게 걸맞는 포르노를 제공한다는 뜻이기도 하고, 통상적인 포르노와 달리 '부드러운 soft' 것을 추구한다는 뜻이기도 해요. 성기 노출, 쨍한 조명, 클로즈업과 노골적인 연출 등을 추구해야만 에로틱할 수 있다는 도식적인 포르노 문법을 벗어나, "스치는 시선, 살짝 닿은 손길, 즐거운 표정"과 같은 암시적인 이미지를 통함으로써 오히려 우리가 가진 내밀한 판타지와 에로티시즘의 핵심으로 접근할 수 있다는 것이 엘스의 철학입니다. 그러기 위해 무엇보다 아름답고 실험적인 시네마토그래피를 추구하죠. 엘스만을 위해 독자적으로 제작하는 영화가 있다기보다는, 엑스컨페션 등으로 만든 영화 중에서 엘스에 어울릴 만한 작품을 선별해 들여놓는 일종의 편집숍 같은 형태예요.

나는 엘스시네마를 좋아해요. 이게 정말로 꼴리냐, 그러니까 '딸감'이 되느냐의 기준으로 본다면, 음… '빠은' 일본식 포르노의 쾌락 도식을 학습한 저로서는 아무래도 속 시원하지는 않다… 고 느낄 때가 많습니다만, 정말로 '뭔가 다른 것'을 상상하게끔 만든다는 점에서 매력적이에요. 내가 진짜로 원하는 것이 무엇이고 그것은 어떤 방식으로 구현 가능할 것인가를, 그 가능성을 일별하게 해준다는 것이죠. 보는 사람으로 하여금 생각이라는 것을 하게 만들어준다는 점에서 이 사이트에 있는 에로틱 영화들을 포르노라고 불러야 할지 헷갈리긴 해요. 포르노는 볼 때는 흥분되고, 보고 나면 수치스럽고, 시간이 지나면 잊어버리거나, 생각하고 싶지 않은데도 자꾸 떠오르는… 그런 종류의 것이 아닌가 하고요. 하지만 엘스를 들여다보노라면 포르노가 꼭 그런 것만이 아닐 수도 있다는 생각이 들더군요. 무엇보다도 영상이 무척 예뻐요. 오래 기억하고 싶을 만큼 근사한 이미지들이에요.

몇몇 단편을 추천하자면 우선 에리카 러스트 감독의 〈젠더 벤더Gender Bender〉를 꼽고 싶어요 elsecinema.com/movies/gender-bend. 작품 소개 첫 문장이 "젠더가 유동적인 세계로 어서오세요, 당신의 젠더 정체성과 표현을 자유롭게 탐색하세요"로 시작하는데, 딱 그렇게 퀴어적인 포르노예요. 여성으로 패싱되는 사람과 남성으로 패싱되는 사람이 크로스드레싱을 하고 길거리를 다니며 데이트를 하다가 베드인하고 섹스하는 전개인데요. 섹스 방식이나 체위 역시 성별이 역전된 방식으로 이루어집니다. 뒤로 갈수록 이들의 '진짜' 젠더를 전제하는 것이 무의미하다는 느낌이 들어요. 젠더는 본질주의적으로 정해질 수 없고, 이들의 표현과 감정 그리고 관계 역학에 따라 구성되며 끊임없이 변화하는 것으로 보이며, 이러한 변화가 우아한 흑백 화면 속에서 아름답게 그려져요. 내가 느끼기에 이 영화에서 무엇보다도 에로틱한 부분은 사실 섹스신보다도 두 사람이 데이트하는 장면이었어요. 서로가 자신이 선택한 복장을 입고 거리를 배회하고, 카페와 식당에서 주문을 하고, 에스컬레이터를 올라가며, 설레는 미소를 짓고, 떨리는 눈빛을 교환하고, 대화를 나누며 웃음을 터뜨리기도 하고, 살짝 만지기도 하는… 그리고 아무도 그들에게 어떤 눈치도 주지 않는. 이것은 기성 사회에서 '도착적'이라고들 하는 욕망을 공공장소에서 드러냄으로써 느낄 수 있는 쾌감과 동시에, 그것이 더 이상 '도착적'이지 않을 수 있는 세계, 그것이 지극히 자연스럽고 자유로운 세계에서 느낄 수 있는 환상적 해방감을 제공합니다. 결국 세상의 여느 연인이 그렇듯 온 세상에 단 두 사람만이 존재하는 듯한 떨리는 순간의 긴장과 함께요. 이걸 보면서 '내가 꿈꾼 것이 바로 이런 것이었구나' 하고 느끼게 되는 순간이 있었어요. 그리고 조금 서글퍼지기도 하고요, 왜냐하면 이런 아름다움을 현실에서 느낄 수는 없을 테니까요.

비슷하게 서글픈 여운을 남긴 작품이 몬티엘 감독의 〈퍽, 킬, 메리Fuck, Kill, Marry〉였어요 elsecinema.com/movies/fuck-marry-kill. 이 작품은 엑스컨페션 프로젝트의 일환으로, "친구들이랑 섹스하면 어떨까요? 우리는 친구와 애인 사이를 어느 지점에서 구분하는 걸까요? 섹스가 당신에게는 어떤 의미이고, 나에게는 어떤 의미일까요? 내가 친구들을 사랑한다면, 그냥 영원히 걔네랑 섹스하면서 계속 친구일 수는 없는 걸까요?"라는 요지의 익명 투고를 바탕으로 제작되었다고 해요. 내용을 거칠게 요약하자면, 친구들끼리 파티하며 "이 중에서 누구랑 섹스하고 누구를 죽이고 누구랑 결혼할래?"라는 질문을 주고받는 게임을 하다가 다들 '꼴려서' 그룹섹스를 하게 된다는 내용이에요.

전 일단 그룹섹스에 대한 판타지가 있어요. 그룹섹스의 맛이라면 역시 집단적 무절제에 있겠죠. 많은 사람이 쾌락에 취해 서로의 몸을 탐하고, 다른 사람이 다른 사람의 몸을 탐하는 것을 보고, 자신이 다른 사람의 몸을 탐하는 장면도 내보이고, 자신의 몸이 다른 사람에게 탐해지는 것도 내보이고… 나의 사적인 장면을 내보이는 노출증적 쾌락과, 남의 사적인 장면을 훔쳐보는 관음증

적 쾌락이 혼재하고, 결국에는 사적인 것에 대한 의식 자
체가 무의미해면서 남과 나 사이의 경계가 무너질 때의
방탕함.

  〈퍽, 킬, 메리〉는 그런 성적인 방탕함을, 친구 관계의
선이 무너진 순간에 드러나는 인간적인 연약함과 접목
시킴으로써 굉장히 애틋한 장면으로 표현해요. 우리는
우리 친구들을 너무나 잘 알고 익숙하다고 생각하지만,
친구이기 때문에 넘어서는 안 된다고 믿는 선을 그으며
상대방과 자기 자신을 현실의 거센 힘으로부터 보호하
지요. 그 선이 무너지고 서로에 대한 깊은 친밀감과 욕망
이 뒤섞일 때, 어쩌면 우리가 그 어디에서도 경험하기 힘
든 사랑을 발견하게 되지 않을까요? 〈퍽, 킬, 메리〉의 인
물들이 햇살이 비쳐들고 담배 연기와 술 향기가 번진 빈
티지한 아파트의 거실에서 서로 키스하고 핥고 어루만
지는 장면을 보노라면 그런 생각이 들어요. 종종 킥킥거
리는 웃음이 공기 중에 흩어지고, 화장이 번지며 땀에 젖
은 서로의 맨얼굴이 드러나고, 오랫동안 알아왔을 서로
의 애칭이 오가고… 지극히 사실적인데도 묘하게 현실
감각이 흐릿해지는 듯한 취기와 슬픔을 불러일으켜요.
그건 부분적으로는 이 영화가 주인공이자 화자의 회상

으로 전개된다는 점, 즉 이 파티와 섹스가 결국에는 과거의 기억이라는 점을 전제로 하고 있다는 점에서 기인하는 듯해요. 화자는 그때 자신이 이미 그 순간의 '기억'을 사랑하고 있었다는 독백과 함께 이야기를 끝맺지요.

마지막으로 니키 세인트 사세의 〈가드너The Gardener〉를 추천하고 싶어요elsecinema.com/movies/fantasy-hotel-the-gardener. 혹시 촉수물 좋아해요? 나는 좋아하는데요, 이건 내가 본 가장 아름다운 촉수물이에요. 주인공 여성은 원예사로서 식물을 키우고 흙을 만지고 풀냄새와 습기에 둘러싸이는 것을 사랑하는데, 그런 사랑을 원시적인 욕망과 결합해 에로틱한 판타지로 구현한 작품입니다. 여기서 촉수는 물론 식물의 가지와 잎사귀로 표현되는데요, 이것이 도중에 의인화된 자연으로 바뀌어 스리섬 섹스신으로 넘어가요. 살갗에 달라붙는 서늘하고 촉촉한 식물들에게 온몸이 덮쳐지는 감각, 그들에게 인격이 없기 때문에 오로지 나만의 쾌락 속에 아무런 방해 없이 잠식될 수 있는 시간. 정말이지 아찔하고 환각적이고, 하나도 슬프지 않은(중요해요!) 작품이에요.

사람마다 취향도 욕망도 다를 테니까 내가 추천한 작품들이 당신에겐 별로일 수도 있을 거예요. 하지만 내

가 이런 포르노를 보면서 발견한 내 욕망과 판타지에 대
한 이야기는 재미있지 않았나요? 당신도 기회가 된다면
나에게 들려주길 바라요. *Amil*

## 너는 자고

이이언

당신이 잠든 사이에 이 편지를 써요.

개들은 하루에 평균적으로 12시간에서 14시간 정도 잠을 잔다고 합니다. 사람보다 긴 시간인데요. 견주 입장에서는 다행스러운 일인 듯해요. 만약 개들이 사람만큼 자거나 사람보다 덜 잤다면 놀아주고 돌봐줘야 하는 시간도 그만큼 길어졌겠죠. 물론 나는 아궁(내가 키우는 강아지 이름이에요) 이를 사랑하고 언제나 놀아주고

싶지만, 인간의 삶은 뭐가 이리도 바쁜지 개와 따로 떨어
져서 해야 하는 일이 너무너무 많은 것 같아요. 때로는
개를 부양하는 데 필요한 돈을 벌어야 한다는 명목으로,
때로는 더 많은 이기적인 이유로….

　개가 인간을 사랑하는 만큼 인간도 개를 사랑할 수
있다면 좋을 텐데요.

　아궁이가 낮잠을 자는 동안 나는 이런저런 일을 해
요. 집안일을 하고, 손톱을 깎고, 얼굴에 팩을 하고, 책을
읽고, 이렇게 글을 쓰죠. 내 발치에서 아궁이는 코를 골
고 잠꼬대를 하거나, 몸을 이리저리 굴리다가 배가 드러
나도록 발랑 드러눕기도 하고요. 그 모습을 지켜보노라
면 나도 모르게 웃음이 나곤 합니다.

　어디서 들은 얘기로는, 개가 배를 내놓고 잔다는 건
자신의 취약한 부위를 내보이는 것이기 때문에 그만큼
상대방을 신뢰한다는 뜻이라고 하더라고요. 쟤가 내 곁
에 있을 때 안전하다고 생각하는가 보구나, 그래서 마음
이 편안한가 보구나, 생각하면 애틋하고 이상한 기분이
들어요. 어떤 존재가 내 앞에서 완전히 무방비해질 수 있
다니… 어떻게 그럴 수가 있을까요? 생각하면 할수록 놀
라운 일이에요.

　　인간을 포함한 동물들은 자연에서 생존하기 위해 상대방을 경계하고 자기 자신을 방어하는 수많은 방법을 발달시켜왔죠. 나는 하루하루, 습관적으로, 마주치는 타인을 의심하고, 내 약점을 내보이지 않기 위해 애쓰고, 위험 신호를 파악하는 데에 신경을 곤두세우고, 실제보다 더 위협적인 사람으로 보이려 허세를 부리고, 내가 정한 경계를 넘어오려고 하는 상대방을 밀어내면서 살아가고 있어요. 그런데 그렇게 온종일 긴장하고 집에 돌아온 저녁, 누군가가 내게 저토록 연약한 모습을 보이며 잠드는 것을 보면 가끔은 눈물이 날 것만 같아요. 아궁이는 어떻게 내가 자기를 해치지 않으리라고 절대적으로 확신할 수 있는 것일까요?

　　당신은 내가 당신을 해치지 않으리라고 확신하나요?

　　당신이 내 곁에서 잠든 모습을 보았을 때 나는 신기한 생각을 했어요. 당신은 평생 단 한 번도 당신의 잠든 얼굴을 본 적이 없겠구나. 지금의 이 얼굴은 오로지 나만 볼 수 있는 것이겠지. 세상과의 접속을 끊고 의식의 수면 아래에 잠겨든 여리고 투명한 맨얼굴, 가지런히 감긴 눈꺼풀, 고른 숨소리, 새벽의 빛이 귓바퀴와 턱에 조용히 내려앉는 방식 같은 것을. 이 평화로운 정경은 당신이 만드는 것인데도, 정작 당신은 그것이 무엇인지 영원히 알수 없을 테지요. 그렇게 생각하면 불현듯 외로워져요.

신들은 참 짓궂은 것 같아요. 당신이 신뢰하는 나에게 당신이 취약해지는 밤과 새벽의 시간을 기꺼이 맡길때, 당신은 더 이상 나와 연결될 수 없게 되어버리잖아요. 당신은 꿈의 나라로 떠나버리고, 그 나라의 시간과나의 시간은 다르게 흘러가죠. 나는 그동안 당신의 육체를 소유할 수도 있겠지만 당신의 정신은 어디까지나 잠의 신 히프노스의 것이고, 인간인 나는 어떻게 해도 그두 가지를 한꺼번에 가질 수는 없겠죠.

여러 신화와 문학에서 잠과 죽음은 깊은 연관이 있는 것으로 그려졌어요. 그리스 신화에서 잠의 신 히프노스와 죽음의 신 타나토스는 밤의 어머니 배에서 태어난쌍둥이 형제입니다. 길가메시 서사시에서도 "잠과 죽음이란 어찌나 한 형제 같은가"라고 하죠. 슬라브 신화에서 겨울의 여신 모라나는 죽음과 잠을 한꺼번에 관장한답니다. 무엇보다도 우리에게 잘 알려진 존재라면 역시'잠자는 숲속의 미녀'일 테지요. 죽음 같은 잠에 빠져든채로 영원 속에 고스란히 얼어붙은 아름다운 공주님….오래전부터 사람들은 잠든 사람에게서 그 사람의 죽음을 상상했던가 봐요. 누구나 필연적으로 혼자서 죽음을 맞이할 수밖에 없다는, 죽음 앞에서 누구든 절대적으로 개별자일 수밖에 없는 운명을 우리는 매일 밤 우리 곁에서 잠드는 소중한 존재를 보며 잠깐이나마 체험하는 것 같아요. 그리고 아침이 되면 간밤의 꿈을 삽시간에 잊듯 그 운명도 잊어버리고서, 우리는 낮의 거센 물결을 헤쳐 나가죠. 때로는 손을 맞잡거나 등을 맞대고 서로를 신뢰하며, 때로는 의심 속에서 서로를 밀어내고 눈을 돌리며.

그리스 신화에서 달의 여신 셀레네의 총애를 받아 영원한 잠에 빠진 미청년 엔디미온의 일화는 유명하지요. 그런데 엔디미온에 얽힌 또 다른 이야기가 있다는 것을 알고 있나요? 《식탁의 현인들Deipnosophistae》에서 리킴니오스에 따르면 엔디미온은 셀레네만이 아니라 히프노스의 사랑도 받았다고 해요. 히프노스는 엔디미온의 아름다움을 너무나 사랑해서, 그가 잠들어 있을 때도 그 얼굴을 온전히 감상하기 위해 눈을 뜬 채로 잠들게 만들었다고 하더군요.

사랑하는 사람을 잠도 들게 하면서 눈도 뜨게 하다니! 그야말로 신들만이 저지를 수 있는 전횡이라고 할 수밖에요. 안타깝지만 나는 한낱 인간이라 그렇게는 할 수 없어요. 대신 인간이 할 수 있는 기적에 가까운 일을 하고 있답니다. 편지 쓰기 말이에요. 말로 하는 대화는 우리 둘 다 깨어 있을 때만 할 수 있지만, 편지는 당신이 잠든 동안에도 쓸 수 있고 당신이 깨어난 뒤에 전달될 수 있거든요. 바로 이렇게. *Amil*

너는 자고 난 깨어 있어
너는 자고 난 너를 봐
시간은 내게만 흐르고
너는 하얀 유리처럼


넌 안에서 잠겨
날 밖에 가두고
넌 차갑게 빛나고
보이지 않게 날 밀어내고


너는 자고
난 알 수 없는 이 외로움만
너는 자고
난 알 수 없는 이 그리움만


이이언, 〈너는 자고〉

애월愛月

유키카

요즘 서울은 어딜 가나 봄꽃이네요. 예년보다 높은 기온에 벚꽃이 이르게 피었고, 다른 꽃들도 앞다투어 봉오리를 열었어요. 지구가 정말 따뜻해지고 있나 보다는 실감이 들어요.

목련과 매화와 개나리와 벚꽃이 같이 피는 이상 현상은 사실 작년에도 본 것 같아요. 그 꽃들이 질서정연하게 바통을 넘기듯 차례차례 피는 것을 본 마지막 해가 언제였는지 기억나지 않네요. 하지만 올해는… 목련이 아직 피지도 않았는데 벚꽃은 지고 있고, 매화가 이제 막 피기 시작했는데 그 옆에서 조팝꽃이 흐드러지고… 하는 기이한 혼란이 눈에 띄더군요. 순서 자체가 뒤죽박죽된 것 같달까요. 게다가 며칠 전에는 라일락까지 핀 걸 보고는 깜짝 놀라지 않을 수 없었습니다. 내게 라일락은 어디까지나 초봄의 꽃들이 다 진 다음, 봄과 여름 사이의 가교에서 짙은 향기를 풍기며 피어나는 꽃인데 말이에요. 세상에, 이러다 장미까지 피면 어쩌죠?

내 당혹감은 당혹감이고, 그럼에도 꽃은 예쁘니까, 또 꽃이 핀다는 것은 기쁜 일이어서 휴대전화를 꺼내 들고 사진을 찍거나 당신에게 이런 편지를 쓰게 되지만요.

황인숙 시인은 〈나의 침울한, 소중한 이여〉에서 "비가 온다./네게 말할 게 생겨서 기뻐./비가 온다구!"라고 했는데, 꽃이 피는 것도 비가 오는 것과 비슷한 듯해요. '꽃이 피었어. 네게 말할 게 생겨서 기뻐. 창문을 열어봐, 지금 우리가 같은 아름다운 풍경을 보고 있네. 네 어깨에 꽃잎이 내려앉는다면, 그게 나의 마음이야…' 이렇게 말하고 싶어진다는 점에서요. 누군가를 사랑할 때 우리는 일상 속에서 예쁜 것이나 좋은 것이나 맛있는 것을 접하면 그 사람에게 꼭 전해주고 싶어지잖아요. 거꾸로 말하자면, 사랑을 하지 않을 때는 무심히 지나갈 수도 있을 일상의 아름다움을 사랑 때문에 재발견하는 것이기도 하겠죠.

우리는 삶을 보다 쉽게 살아가기 위해 이런저런 실용적 용도, 이해관계, 사회적 관습, 루틴으로 세계를 파악하고 그에 맞춰 굳어진 양식에 따라 행동하게 마련이지요. 하지만 사랑은 그런 우리의 습관을 일시에 정지시키는 놀라운 힘을 갖고 있어요. 내가 늘 다니던 출근길이 이렇게 예뻤던가? 늘 들르던 편의점 사장님이 저렇게 기분 좋게 웃었던가? 이 동네가 이렇게 흥미진진했던가? 내가 늘 지나치던 곳에 이런 가게가 있었던가? 네가 보면 좋아할 텐데, 너에게 어울릴 텐데… 때로는 정신적 사고의 흐름을, 때로는 물리적인 발길까지도 멈추게 한다는 점에서, 사랑은 언제나 아름다움과 직결되는 것 같아요. 미적 관조란 언제나 정지의 순간을 수반하니까요.

당신의 얼굴을 바라보느라 모든 것을 멈추는 순간.

꽃을 바라보느라 모든 것을 멈추는 순간.

무언가를 심미적으로 관조할 때 우리는 시간 바깥에 존재하게 되죠. 관조의 대상은 통시적 맥락에서 떨어져 나와 그것이 지닌 속성 자체로 우리 앞에 나타나고,

우리는 그 속성을 자유롭게 가지고 놀아요. 어린아이가 된 것처럼 새로워하고, 놀라워하고, 감탄하고, 가져다 붙이고, 해체하면서. 봄꽃이 흐드러진 아파트 단지의 풍경을 바라볼 때 우리는 그것을 봄꽃이 없을 때의 아파트 단지와 전혀 다른 방식으로 보게 돼요. 건물 벽은 그것을 가리는 꽃잎과 나뭇가지 사이로 무수히 부서진 조각들이 되고, 어둠에 묻힌 놀이터 놀이기구를 흰 꽃송이들이 점점이 장식하고, 아이들이 타고 지나간 자전거가 꽃잎 덮인 보도블럭에 남긴 바큇자국이 하나의 그림이 되고…. 이렇게 기묘한 차원 속에 정지한 순간의 우리에게 시간의 흐름이라는 것이 대관절 무슨 의미가 있겠어요?

그런데 이런 체험을 선사하는 꽃들은 정작 무엇보다도 시간성에 구애받는다는 것이 역설적이에요. 꽃은 결국 지게 되어 있으니까요. 꽃이 피는 것은 필연적으로 꽃이 지는 것을 상기시키고, 나아가 꽃피는 시간이 얼마나 짧은지를 상기시켜요. 그 덧없음이 우리를 슬프게 하기에 더더욱 그 순간 속에 정지되고 싶은 것인지도 몰라요. 사랑도 비슷하죠. 사랑이 가장 만개한, 모든 것이 즐겁고 예쁘기만 한, 아직 아무것도 망가지지 않았고 서로에게 추하게 굴지도 않았고 비루한 갈등이 끼어들지도 않은, 사랑의 짧은 시절을 영원히 얼려두고 싶은 마음, 파우스트처럼 "순간이여, 멈추어라! 너 참 아름답구나!" 하고 외치고 싶은 마음.

하지만 인간의 슬픔에 무심하게도 꽃은 지지요. 자꾸만 영원을 탐하고 싶어하는 인간과 달리 꽃은 시간을 사랑하고 약속을 잘 지키는 습성을 갖고 있어요. 꽃들은 마치 음악처럼, 봄과 여름과 가을과 겨울의 악보 위에 늘 어놓인 음표들처럼 계절에 따라 순차적으로 피고 지고, 그 음악을 해마다 되풀이하고 또 되풀이하지요. 그 반복성이야말로 영원 그 자체라는 것을 생각하면, 우리는 이미 하나의 짧은 영원 속을 살아가고 있는 셈이에요.

그런데 이제는 꽃들이 시간 약속을 잘 안 지키는 것 같아서 걱정스러워요. 계절의 악보가 망가졌을까 봐 걱정스러워요. 지금 저 꽃이 지고 나면 두 번 다시 피지 않을까 봐 걱정스럽고요. 유키카는 "멈춰버린 계절 속에/ 너와 갇힌 것만 같아/ 오늘 내일 모레까지도 / 따뜻할 것만 같은걸"이라고 노래했는데, 이 노래가 사랑의 따뜻함과 아름다움에 대한 비유가 아니라 우리의 현실에 닥쳐올 파멸에 대한 예언이 되면 어쩌죠?

알고 있나요? 올해 여의도 벚꽃축제는 추첨제로 진

행한대요. 감염병 확산을 막기 위해 제한된 인원만 관람할 수 있도록 하는 거라는데요. 한편에서는 온갖 종류의 꽃들이 무절제하게 피어나 시야를 온통 뒤덮고 있는데, 다른 한편에서는 사람을 막는다니 참 이상한 시절이네요. 모든 사람이 공짜로 즐길 수 있는 자연의 아름다움이라는 것이 사치가 되어가는 것이라면, 지금이 우리가 봄을 그나마 평화롭게 누릴 수 있는 짧은, 아주 짧고 덧없는 한순간일지도 모른다는 생각이 들어요.

하지만 나는 지금의 순간에 집착하지 않을래요. 그럼에도 불구하고 미래를 향해 나아가고 싶어요. 점점 더워지는 기후와 탁해지는 공기 속에서도 끈질기게 꽃들을 피워내며 시간의 흐름을 타고 나아가려 애쓰는 꽃들처럼, 우리도 그렇게 해요. 저 꽃들처럼, 조금 더 용감해져요. 그리고 서로에게 전해줄 좋은 것과 예쁜 것과 맛있는 것을 찾아보도록 해요. 앞으로 찾아올지도 모르는 어느 어두운 날에도, 추운 날에도, 황량한 날에도, 그런 날에도. *Amil*

사랑이란 걸 믿지 않았어

바보 같고 상처만 주는지 알았어

어떤 약도 듣지 않는 Poison

그게 사랑이라고 배워서


근데 널 만나고선

시간은 그 순간 얼어붙어

멈춰버린 계절 속에

너와 갇힌 것만 같아

오늘 내일 모레까지도

따뜻할 것만 같은걸


꽉 찬 달 아래서 눈 맞추고 싶어

떠다니는 꽃잎들 따라서

너만 바라보며 왔어 너와 있다면

이 모든 게 멈춰버리면 난 좋겠어


지금 바로 너랑 애월

너와 함께하는 순간 애월

무한하게 갇힌 오늘 애월
시간은 Stop 몇 시간 몇 달 몇 년
우린 애월

난 아직도 서툴지만 조금씩
아주 조금씩 알아가는 중이야
둘의 손끝이 닿을 때
모든 시간이 멈추네

꽉 찬 달 아래서 눈 맞추고 싶어
떠다니는 꽃잎들 따라서
너만 바라보며 왔어 너와 있다면
이 모든 게 멈춰버리면 난 좋겠어

지금 바로 너랑 애월
너와 함께하는 순간 애월
무한하게 갇힌 오늘 애월
시간은 Stop 몇 시간 몇 달 몇 년
우린 애월

작게 소리치는 속마음도

들을 수 있을까요

우리 빼고 멈춘 채로인

이 세상이 너무나도 좋은걸요


꽉 찬 달 아래서 눈 맞추고 싶어

떠다니는 꽃잎들 따라서

너만 바라보며 왔어 너와 있다면

이 모든 게 멈춰버리면 난 좋겠어


지금 바로 너랑 애월

너와 함께하는 순간 애월

무한하게 갇힌 오늘 애월

시간은 Stop 몇 시간 몇 달 몇 년

우린 애월


유키카, 〈애월愛月〉

올랜도

버지니아 울프

우리 이 자리에서 서로를 대상화 해봅시다.

오늘날 페미니즘이 주요 담론으로 다뤄지는 곳에서 성적 대상화라는 것은 가공할 범죄처럼 여겨지는 경향이 있고, 또 실로 그럴 만한 것 같습니다. 성차별적인 사회에서—권력을 많이 가진 사람과 적게 가진 사람 사이에 이루어지는 성적 대상화는 필연적으로 폭력을 수반하게 마련이니까요. 지하철에서, 직장에서, 학교에서, 미디어에서, 여자들과 소수자들은 자신을 성적으로 대상화하는 시선과 언어와 몸짓에 끊임없이 노출됩니다. 그 시선을 되돌려주거나 그 언어를 반박하거나 그 몸짓을 거절하기가 지극히 어렵다는 조건, 그토록 불공정한 위계 때문에 그것은 곧 폭력이 됩니다. 시선 강간, 성희롱, 성폭행을 당할 때 우리는 우리가 주체가 아니라 어디까지나 객체라는, 즉 우리가 우리 육체의 주인이 될 수 없다는 메시지를 주입받는 셈입니다.

하지만 사랑하는 사이에 이루어지는 성적 대상화는 어떨까요?

물론 사랑하는 사이에도 위계는 흔히 작동합니다. 가장 평범하다고 할 법한 여자와 남자의 연애에서도 불평등한 요소는 거의 항상 찾아볼 수 있을 거예요. 그리고 당연하게도, 여자와 여자라고 해서 성폭력이 일어나지 않는 것이 아니고요. 위계는 때로는 나이, 때로는 경제력, 때로는 체격, 때로는 지적 격차에서도 생겨납니다. 이런저런 요소를 세세히 따지다 보면 사람 사이에 절대적으로 평등한 관계라는 것이 과연 있기나 할까 싶어요. 가끔 섹스와 성폭력은 아주 미묘한 차이(그가 나로 하여금 거절하기 어렵도록 죄책감을 주는 말을 한마디라도 했던가?) 나 아주 짧은 순간(그가 콘돔을 1초라도 뺐는가?)으로도 구분되는 것 같습니다. 이런 순간 우리는 크고 작은 분노, 수치심, 육체적 또는 정신적 고통을 겪곤 하지요. 그럼에도 우리는 결국 누군가를 사랑하고, 사랑에는 거의 언제나 상대방에 대한 대상화가 동반됩니다. 상대방의 얼굴과 몸을 관찰하고, 상대방이 얼마나 아름다운지 말하고, 상대방을 대상 삼아 그에게 기쁨을 주기 위한 행위를 하면서요. 그래서인지 어떤 사람들은 사랑 그 자체가 폭력이라고 말하기도 합니다.

사랑이란 참 위험하네요. 그러면 우리, 사랑을 하지 말아야 할까요?

나는 언어를 다루는 일을 하는 사람으로서 언어가 강력하고도 위험한 수단이라고 늘 생각합니다. 글을 쓸 때 나는 내 뜻과 욕구에 맞춰 언어를 편성해 내 주변의 세계와 사람들을 대상 삼아 묘사할 수밖에 없고, 따라서 타자를 그들의 의사와 무관하게 내 글 안에 소환하고 의미 짓고 전시하게 되니까요. 조심하지 않으면 글 밖에 존재하는 실제 사람들에게 피해를 끼치기가 십상이겠죠. 다른 말로 하자면, 그들에게 내가 의도하지 않은 기쁨, 착각, 기대, 희망, 용기마저 줄 수 있다는 뜻이기도 하고요. 이것이 문학의 위대함인 동시에 곤란함이겠지요…. 나는 언어를 이용해 돈을 버는 사람으로서 이 힘을 적절하게 조절하는 데에 능해야 하겠지만, 한편으로는 이 힘으로 내 욕구를 실현하는 데에 너무 익숙하기 때문에 누군가가 이것을 '참으라'고 한다면 고통스러울 거예요. 하물며 사랑에 대해서는 더욱, 곤란하죠. 사랑의 언어에 적절한 조절이라는 것이 가능한가요? 사랑의 말을 참는 것은 또 가당키나 한가요? 보세요, 나는 내가 가진 언어의 최대한을 구사해 가장 귀한 단어들로 당신을 숭배하고 싶어질 테고, 그것을 당신에게 모조리 쏟아붓고 싶어질 테고, 그것을 당신이 향유하는 모습을 보고 싶어질 테고, 그것이 나에게 어떤 의미인지를 유려하게 표현하고 싶어질 테고, 기록으로 남기고 싶어질 테고….

"문청(문학청년)과 연애하지 마라. 그랬다가는 헤어진 뒤 그의 시로 남을 것이다"라는 조롱 섞인 경고를 접한 적이 있습니다. 당하는 사람의 입장에서 그게 얼마나 곤혹스럽고 심지어는 저주스러운 일일지 충분히 이해가 됩니다. 그런데 쓰는 사람 입장에서 보면, 사랑하는 사람을 뮤즈로 만들지 않기란 얼마나 어려운 일인가요?

이쯤 되니 변명을 하려고 이 글을 쓰기 시작했나 싶

은데, 기왕 변명을 시작했으니 더 뻔뻔하게 가보지요.

　《올랜도》(이미애 옮김, 열린책들)는 버지니아 울프가 그의 여성 연인이었던 비타 색빌웨스트에게 헌정한 소설로, 주인공인 올랜도는 비타 색빌웨스트를 모델로 만들어졌습니다. 사랑하는 사람을 소설 속 주인공으로 만들고 그걸 그 사람에게 바쳤다니, 게다가 그 소설이 울프의 전작 중에서도 대표작으로 손꼽히는(당연히 이견의 여지는 있습니다) 작품이 되다니, 울프에게 비타는 그야말로 뮤즈의 전형이었다고 할 수 있겠네요. 게다가 울프는 정말로 뻔뻔하게도 자기 연인을 터무니없을 만큼 환상적이고 매혹적인 인물로 묘사합니다. 올랜도는 17세기 말부터 20세기 초에 이르기까지 300여 년이라는 세월에 걸쳐, 런던과 콘스탄티노플과 영국 시골과 집시 공동체를 종횡무진하고 남성과 여성을 오락가락하며 살아간 귀족이거든요. 게다가 어렸을 때부터 미소년이었고 커서는 늘씬한 미청년이 되어 수많은 여자와 남자 들의 동경과 구애를 받았고, 여자로 변한 뒤에는 수많은 남성 지식인들에게 우아한 귀부인 후원자 노릇을 했죠. 마성의 퀴어라고나 할까요. 《올랜도》는 올랜도의 그런 생애를 따라가는 전기문으로 서술되어 있어요. 울프의 소설 중에서 형식

적으로나 내용적으로나 이렇게까지 철저히 섹시하게 누
군가를 대상화한 경우는 찾기 어려울걸요. 작중에서 소
년 올랜도를 총애한 엘리자베스 여왕은 "책의 한 페이지
처럼", 그에게서 "강한 힘과 우아함, 낭만, 어리석음, 시,
청춘"을 읽어내고는, "그에게 무릎을 꿇으라고 명령한
뒤 다리의 가장 가느다란 부분에 보석으로 장식된 가터
훈장을 달아주었다"고 합니다. 이 묘사를 보노라면 올랜
도와 올랜도의 다리(그중에서도 가장 가느다란 부분)를 소유
하고 싶어하는 여왕의 시선에서 끈적끈적한 탐욕과 소유
욕을 느끼지 않을 수가 없고, 나아가 비타를 자기 글 속
에서 마음껏 주무르고 싶어하는 버지니아 울프의 내밀한
욕구마저 연상하지 않을 수가 없어요. 아, 울프도 양심이
있으면 설마 이런 우리의 해석을 비약이라고 하지는 않
겠죠. 이런 글을 써놓고서는 말예요!

> 그 힘은 아름다운 외모와 혈통, 그리고 희귀한 천부적 자
> 질이 혼합된 신비로운 것이었다. 우리는 그것을 매력이
> 라고 부르고 더 이상 왈가왈부하지 않는다. (…)그는 촛
> 불 하나를 밝히려고 애쓰지 않아도 그의 내면에서 '1만
> 개의 촛불'이 타올랐다. 자기 다리에 대해 전혀 생각하지

않아도 그가 걸어다니는 모습을 보면 수사슴 같았다. 그가 평상시의 목소리로 말해도 그 메아리는 은으로 만든 징처럼 울렸다. 그런 까닭에 그를 둘러싼 소문이 무성했다. 많은 여자들과 몇몇 남자들이 그를 흠모했다. 그들은 그에게 말을 걸 필요도, 그를 볼 필요도 없었다. 특히 낭만적인 경치가 펼쳐지거나 해가 지고 있을 때 그들은 실크 스타킹을 신은 귀족 신사의 모습을 눈앞에 떠올렸다. (…) 어느 신분 높은 숙녀가 그와 가까워지려는 마음에 영국에서 먼 길을 찾아왔고 그에게 관심을 보이며 성가시게 굴었지만, 그는 끈덕지게 자기 임무를 계속 수행했다. 그래서 그가 호른에서 대사로 근무한 지 2년 반도 지나지 않았을 때, 찰스 국왕은 그에게 최고 귀족의 작위를 내리겠다는 의사를 밝혔다. 시기하는 자들은 이것이 올랜도의 멋진 다리를 잊지 못하고 애정을 드러낸 넬 귄 덕분이라고 말했다. 하지만 그녀는 올랜도를 단 한 번 보았을 뿐이고 당시 왕에게 개암 열매를 던지느라 바빴으므로, 올랜도가 공작 작위를 받은 것은 그의 종아리 때문이 아니라 그의 공적 덕분이었던 것 같다.

도대체, 올랜도의 각선미 얘기가 소설 전체를 통틀

어 몇 번 나오는지 굳이 헤아리지는 않겠어요. (과연 공적 때문에 작위를 받은 게 맞기는 할까요?)

하지만 물론 소설에 올랜도의 매력만 나오는 것은 아니에요. 그렇게 맹목적으로 빛나기만 하는 캐릭터를 쓰기에 울프는 너무 소설을 잘 쓰는 사람이었고, 인물이 입체적이기 위해서는 매력만큼이나 결함도 있어야 하고 추앙받는 만큼 망가지기도 해야 한다는 것을 잘 알고 있었기 때문이겠죠. 실제 비타 색빌웨스트는 올랜도처럼 귀족이었고 어마어마한 재산을 갖고 인생살이의 고됨이라고는 모른 채 유유자적 살아가면서도 집시들의 방랑 생활을 낭만적으로 꿈꿨다고 하는데, 울프는 그런 비타의 귀족적인 면모를 올랜도를 통해 풍자적으로 드러냅니다. 울프와 비타가 주고받은 서간에 따르면 비타는 그걸 읽고 다소 불쾌해했다고 해요. 비단 그 부분만이 아니라, 울프가 특유의 놀라운 장악력으로 소설을 전개해 나가면서 올랜도라는 인물이 하나의 총체성을 갖추고 살아 움직이게 되자 정작 현실의 비타는 그 인물의 뒤에 가려지게 된 것이 썩 달갑지 않았겠죠. 비타는 현실에서 울프에게 전폭적인 애정과 지지를 건네고 울프의 창작 기반을 마련해주기 위해 일부러 울프 부부의 출판사에서

만 자기 책을 내는 등(비타는 당시 울프보다 더 잘나가는 작가였답니다) 여러모로 애를 썼는데, 그 보답으로 돌아온 것은 자신에 대한 판타지일 뿐 아니었느냐고 비타는 불평했다고 해요.

하지만 울프가 만든 판타지는 얼마나 경이로운지요. 그리고 그걸 만든 동기는 또 얼마나 선했는지요. 비타는 남작 가문의 맏이였지만 아들이 아니라는 이유로 놀Knole 대저택을 상속받지 못했는데, 그 성차별적 제도가 부당하다고 생각한 울프는 가상의 이야기 속에서라도 비타가 토지를 소유할 수 있게 해주려고 했답니다. 그래서 작중에서 남성으로 태어난 올랜도가 여성의 몸으로 바뀌었을 때, 그가 여성임에도 기존의 사유지를 그대로 소유해도 되는지의 문제로 재판을 받는 장면이 나오지요. 울프는 어떤 사람이 여자라는 이유만으로 사유재산을 가질 수 없다는 것이 얼마나 부조리한 일인지를 가볍고도 날카로운 필치로 꼬집어 보이고는, 올랜도가 결국 재판에서 승소하고 자신의 저택과 넓은 영지, 사용인까지 고스란히 지킬 수 있게끔 해줘요. 사랑하는 사람이 부당한 현실 세계에서 얻을 수 없었던 것을 합리적인 환상의 세계에서나마 얻게 해주는 것, 그로써 그 사람의 상실감을 달래주는 것… 이야기를 쓰는 데에 있어서 이처럼 선하고 정의롭고 친밀한 동기가 또 있을까요.

아마 그 진심 어린 동기를 비타도 알았기 때문이었겠지만, 《올랜도》가 두 사람의 관계에 파경을 불러오거나 하지는 않았어요. (울프를 읽고 싶은 현대 독자들에게는 참으로 안심되게도) 둘은 연인 관계를 정리한 뒤에도 평생 친구로 사이 좋게 지냈고 서로 유익하고 생산적인 영향을 주고받았다고 합니다. 우리도 《올랜도》를 읽다 보면 울프가 비타를 폄하하거나 조롱하거나 왜곡하려고 글을 쓰지 않았다는 것을 느낄 수 있어요. 올랜도는 아름다우면서 초라하고, 진지하지만 우스꽝스럽고, 고결하면서도 불완전한데, 이것은 올랜도를 허황되게 만든다기보다는 오히려 사실적이고 풍성한 인간으로 만들죠. 올랜도는 남자였다가 여자가 되고, 남자의 몸으로 여자들을 사랑하다가 여자의 몸으로 남자와 결혼하고 아기를 낳기도 하면서, 양성의 특성을 모두 체득함과 동시에 사회가 부여하는 억압과 차별적 조건을 꿰뚫어봅니다. 그리고 마침내 그 모든 것을 초월한 하나의 전인적 인간으로 성장해나가죠. 올랜도는 이 과정을 이렇게 표현합니다.

"나는 성장하고 있어." 마침내 양초를 잡으며 그녀는 생각했다. "나는 환상을 잃어 가고 있어." 그녀는 메리 여왕의 기도서를 닫으며 말했다. "어쩌면 다른 환상을 얻기 위해."

비타 색빌웨스트의 아들은 《올랜도》를 "문학사상 가장 길고 가장 매혹적인 연애편지"라고 부른 바 있습니다. 사실 사람들은 누구나 연애편지를 쓰고, 오늘날처럼 편지라는 것이 드물어진 시대에도 카카오톡으로, SNS로, 구어로, 이메일로 사랑의 글을 쓰고 있지요. 그리고 그런 수많은 연애편지를 통해 우리는 상대방을 대상화하고, SNS의 익명의 사람들 앞에서 그 대상화를 전시하기도 해요—그의 '종아리'를 전시하든, '공적'을 전시하든 간에 말이죠.

다만 《올랜도》와 같은 작품이 뭇사람의 연애편지와 차이가 있다면, 그것은 그 글이 지나치게 훌륭한 나머지 글 속에서 대상화된 인물이 별도의 생명력을 지닌다는 것, 그리고 심지어는 글 밖의 실존인물보다 더 오래 살아남는다는 점이 아닐까요. 올랜도만 하더라도 비타 색빌웨스트보다 강하고 끈질긴 생명력을 발휘하고 있지요. 사실 비타는 당대에 버지니아 울프보다 오히려 더 유명하고 성공한 작가였지만, 오늘날 문학 독자들에게 비타는 문학가보다도 울프의 연인이자 《올랜도》의 모델로 더 잘 알려져 있다는 사실을 상기하면, 비타에게 유감을 표하지 않을 수 없네요. 하지만 비타는 1941년 59세를 일기로 스스로 생을 마감했던 울프보다 20여 년이나 더 오래 살아남았다는 것도 우리는 생각해야 해요. 어느 쪽이 더 중요할까요? 현실에서 명멸하는 인간의 삶과 문학 속에서 불멸하는 캐릭터의 삶 중에서?

여기서 또 개 이야기를 하게 되네요(나는 우리 집 개를 보면서 많은 것을 배워요). 어린 강아지들은 형제들과 뒤엉켜 놀면서 서로를 물고 서로에게 물리는 경험을 반복하다가, 얼마나 힘껏 물면 상대방이 아픈지, 상대방의 덩치에 따라 어느 정도로 힘을 조절해야 하는지 등을 자연스럽게 습득한다고 합니다. 눈치챘겠지만 지금 나는 이걸 성애에 비유하고 있어요. 어린 시절 충분한 성교육을 거쳐야 안전한 성관계를 할 수 있게 된다는 이야기를 하려는 게 아니에요. 물론 성교육은 중요하죠. 하지만 나는 그 강아지들이 학습에 앞서서 무엇보다도 '놀이'를 하고 있다는 점에 주목하고 싶어요. 그 애들은 엎치락뒤치락

싸우고, 쫓아가고, 달아나고, 물고 물리면서 놀지요. 서로 덩치도, 속도도, 지능도 다른 아이들이 뒤섞여서 말이에요. 그 과정은 평화로울 수만은 없어서 때때로 불편과 짜증, 아픔, 억울함, 심지어는 격렬한 고통과 분노와 슬픔이 따르기도 하겠지요. 가끔 강아지들은 서로에게 굉장히 잔혹해질 수 있고, 서로를 죽이고 싶어할 때도 있는 것 같아요. 그럼에도 그 과정은 놀이—즉 각자의 즐거움을 위해, 어디까지나 자발적으로 이루어지는 활동이에요. 어미도, 인간도, 그 누구도 강아지들에게 그렇게 하라고 시키지 않았음에도, 강아지들은 자기 자신과 상대방을 즐겁게 하기 위해서, 순전히 그 이유만으로 그렇게 하죠. 그리고 결국 모두가 즐겁기 위해서는 자신이 다쳐서도, 상대방을 다치게 해서도 안 된다는 것을 알아가면서 강아지들은 안전한 사랑의 방법을 배우게 돼요.

버지니아 울프는 《올랜도》에 대해 "사실 나는 이 작품을 유희로 시작했는데 써나가다 보니 진지해졌다"고 말했다고 합니다. 자신과 상대방의 즐거움을 위해 시작하고, 그 즐거움을 위해 마침내 진지해지는 것.

우리도 그렇게 해볼까요? *Amil*

## 남궁인밖에 모르는
## 남궁인 선생님께

이슬아

　　스스로 쓰고 싶어서 쓰는 글인데도 일주일에 한 번 편지를 보낸다는 것이 쉽지는 않습니다. 당신에게 편지를 보내고 나서 사흘은 눈 깜짝할 사이에 지나가고, 나흘째 되는 날부터 슬슬 이번 주에는 무슨 얘기를 해야 하나 싶은 걱정이 듭니다. 닷새째 되는 날 무슨무슨 편지를 쓰자고 마음을 먹지만, 보통은 이레째 되는 날에야 겨우 마무리를 짓습니다. 이렇게 일주일이 무섭도록 빠르게 흘러갑니다. 주간연재란 걷잡을 수 없는 시간의 속도를 감각하는 하나의 방식인 것 같아요.

　　종종 부담이 됩니다. 어쨌든 나는 당신에게 연재를 하는 중이고, 이것은 사랑 편지인 동시에 일이기도 합니다. (많은 경우) 타인의 작품을 비평적으로 다루는 일이기도 하고요. 그러니 '잘' 써야 한다는 부담감이 따르게 마련이죠. 며칠 전에는 이제까지 쓴 글의 매수 대비 수입을 계산해보고, 구독자가 더 많아져야 내가 통상적으로 받는 원고료를 나 자신에게 줄 수 있겠다는 결론을 내렸습니다. 이렇게 계산을 하다 보면 이럴 시간에 다른 글을 쓰는 것이 나에게 더 이익인가 하는 생각마저 하게 됩니다. 가끔은 이렇게 칭얼거립니다. 이번엔 또 뭘 쓴담. 하기 싫은 숙제를 억지로 떠맡은 양 한숨도 쉬면서.

　　그러다 어제는 문득, '아 이러면 안 되겠구나' 하는 생각이 들었어요.

　　당신과 나, 우리 모두를 위해 좀 더 즐겁게 해야겠다. 좀 더 가볍게, 힘을 빼고 하자.

　　왜냐하면 내게 더 '잘' 써야 한다고 요구하는 것은 당신이었던 적이 없으니까요. 언제나 나 자신이었죠. 당신은 늘 너그럽게 내 이야기를 들어주었고요. 가끔은 답장도 보내주고, 당신의 일상 속에서 내 편지를 떠올려주기도 하고, 나의 근황을 염려하는 편지를 보내주고, 설문 조사나 감상 이벤트에 참여해 내 편지에 대한 생각을 밝혀주었죠.

어느 때보다 감사하는 마음으로 오늘의 편지를 씁니다. 당신이 들어주는 덕분에 나는 이야기를 할 수 있습니다.

오늘은 원래 쓰려고 했던 주제가 있었는데 갑자기 바뀌게 되었어요. 주간 문학동네에 '우리 사이엔 오해가 있다'라는 제목으로 올라오는 이슬아와 남궁인의 서간문 연재 때문인데요. 이번 수요일에 업데이트된 이슬아의 17회 편지, 〈남궁인밖에 모르는 남궁인 선생님께〉가 트위터에서 꽤 큰 센세이션을 일으켰습니다. 지난 연재 글들을 돌아보지 않아도, 이 글 하나만 봐도 충분히 이해가 되니 한번 읽어보셨으면 해요. 다른 걸 다 떠나서 무척 재미있는 글이랍니다.

글의 내용을 요약하자면, 이슬아는 남궁인이 굳이 이슬아를 수신자로 하는 편지의 형식이 아니어도 쓸 수 있는 글을 쓰고 있다고 비판합니다. 상대방을 지칭하거나 호명하거나 상대방에 대해 이야기하는 대목이 별로 없고, 자기 자신을 위한, 자기 자신에 의한, 자기 자신에 대한 이야기만 쓰고 있다는 것이죠. 그럼에도 남궁인은 자신의 글 분량이 더 길다는 이유로 인세를 더 많이 받아야 한다는 식의 농담을 했는데, 이슬아는 그것이 얼마나 "바보 같은 농담"인지 밝히기 위해, 분량이 아니라 "상대방에 대한 집중력과 접속력, 그리고 우정이 깃든 문장력 측면"에서 남궁인보다 이슬아가 더 많이 수고했음을 통계 자료를 통해 입증합니다. 결국 이것은 누가 더 훌륭한(공들인) 서간문을 썼는가, 서간문의 본질은 무엇인가 하는 문학적 이념 투쟁의 가능성을 시사합니다.

> 작년 6월에 쓰신 첫 번째 편지에서 선생님은 말씀하셨어요. "문득 남을 생각하다가 자신을 돌아보는 것이 서간문의 본질"이라고. 사실 나는 쭉 반대로 생각해왔답니다. 서간문의 본질은 자기만 생각하던 사람이 문득 남을 돌아보게 되는 과정이라고. 양쪽 다 진실일 것입니다. 서간문의 본질은 다양할 테니까요.

〈남궁인밖에 모르는 남궁인 선생님께〉의 위 단락은 그 쟁점을 잘 요약하고 있습니다. 이슬아는 '본질은 다양할 수 있다'고 짐짓 물러서는 제스처를 취하지만, '인세' 배분을 두고 벌어지는 갈등에서 있어서만큼은 자신이 믿는 본질을 (적어도 50:50 이상으로는) 타협할 생각이 없어 보입니다.

당신은 어떻게 생각하세요? 감상자의 입장에서, "문득 남을 생각하다가 자신을 돌아보는" 편지와, "자기만 생각하던 사람이 문득 남을 돌아보는" 편지 중 어떤 것이 더 읽기에 좋으세요? 내 편지는 어느 쪽인 것 같나요?

물론 〈사랑, 편지〉 연재는 여러 명의 수신자를 대상으로 하고, 답장과 답장이 오가면서 이루어지는 형식이 아니라는 점에서, '당신'을 구체적으로 호명하기에는 한계가 있습니다. 하지만 나는 이미 네 번째 편지 〈동백과 다프네〉에서 "이 편지를 받는 당신이 침묵하고 있다는 점이 마음에 들어요"라고 적은 바 있죠. 나는 바로 이런 형식(수신자가 여러 명이고, 답장 교환식 편지가 아니라는)을 이용하여, 마치 당신에게 말을 하는 것처럼 보이게끔 하면서 결국에는 내 이야기를 하고 있는 것인지도 모릅니다. 보세요, 나는 당신을 사랑해요, 하지만 당신이 누구인지는 모르고 관심도 없어요, 다만 내가 이런 생각을 하고 이런 감정을 느끼고 있다는 이야기를 하고 싶어요, 라고…. 아, 이런 걸 보면 역시 나는 '아밀밖에 모르는 아밀' 이야기를 기꺼이 들어주고 있는 당신에게 고마워하지 않을 수 없겠네요.

재미있는 점은, 트위터의 페미니스트 계정들 사이에서 〈남궁인밖에 모르는 남궁인 선생님께〉가 회자되면서 남궁인식 서간문을 남성적 화법으로, 이슬아식 서간문을 여성적 화법으로 정의하는 여론이 조성되었다는 것입니다. 남자들은 비대한 자의식을 가지고 있어서 자기 이야기밖에 할 줄 모르고, 여자들은 그런 남자들의 헛소리를 들어주고 꾸짖느라 늘 시간을 소모하며 애를 먹는다는 것이죠.

그런데 사실 나는 늘 정반대의 편견에 사로잡혀 있었어요. 전통적으로 남자들은 여자들에게 무언가를 해주기 위해(물건을 사주거나, 웃겨주거나, 설명을 해주거나, 삽입을 해주거나…) 열심이고 자기 자신에 대해서는 잘 몰라서 문제인 반면, 여자들은 받는 데에 익숙하고 자기 생각밖에 할 줄 모르며 자기 생각과 감정을 극화해 남에게 전시하는 버릇(이른바 '드라마퀸' 감수성)이 있다고요. 문학에 있어서라면, 남자들은 역사와 세계와 과학과 사회적 문제들과 여성이라는 신비에 대해 글을 쓰는 반면, 여자들은 사적인 이야기만 주야장천 늘어놓고, 비대한 자의식을 주체하지 못해 히스테리로 시름시름 앓는 '문학소녀'들이라고요.

네, 물론 이건 지극히 성차별적인 고정관념입니다. 그리고 젊은 남자들이 여자들에게 무언가를 해주는 데에 유독 큰 부담을 느끼고 억울해하는 경향이 있는 요즘에는 저 고정관념도 많이 낡은 것이 된 듯하고요. 하지만 아무튼 나는 나의 그런 측면이 너무나 '여자당한' 경향이라고 여겨서 오랫동안 혐오해왔던 것 같습니다. 내가 내밖의 타인과 세상에 무관심하고, 그들에게 내가 어떻게 보이는지에만 관심이 있는 것 같은 측면. 자기탐닉을 예술로 포장하려 하는 것 같은 측면. 그 허영의 포장 이면에는 아무것도 없다는, 내가 사실은 가짜일지도 모른다는 공허감과 두려움. 사랑받는 것을 지나치게 즐기는 것이 이기적이라는 느낌… 물론 나에게 그런 측면만 있는 것은 결코 아니고 한 인간으로서 여러 복합적인 면모를 갖고 있습니다만, 나는 내가 살던 세상과 문학으로부터 배운 여성혐오의 언어를 나에게 그대로 들이대며 스스로를 싫어할 구실로 삼고 있었던 셈입니다.

나는 꽤 최근까지도 부지불식간에 이런 여성-자기

혐오를 유지하고 있었는데, 어떤 계기로 마치 마법처럼 그걸 깨닫고 그로부터 놓여나는 경험을 했습니다. 사랑받고 싶고, 주목받고 싶고, 내 삶을 극화하고 싶고, 그걸로 타인에게 좋은 인상을 주고 싶어하는 면이 나에게 분명히 있기는 있구나. 그것 자체는 결코 나쁜 게 아니구나. 그런데도 그것이 여성스러운 악덕이라고 치부하는 여성혐오와, '충분히 주체적인 인간'이 되는 것을 가로막는다고 여기는 페미니스트로서의 정당화 기제로 나 자신을 억압하고 있었구나.

그것은 의외로 여성적인 측면이 아니라 오히려 남성적인 측면일 수도 있겠다는 생각이 듭니다. 아니면 둘 중 무엇도 아니거나요. 남성의 자기 이야기가 고백, 회고록, 성찰, 개인과 세계와의 불화, 현대인의 고립 등으로 추켜세워질 때, 여성의 자기 이야기는 자기탐닉, 소녀문학, 히스테리, 허영이나 공상 등으로 격하되었을 뿐인지도 모르죠. 텅 빈 가짜일지도 모르는 것은 내가 아니라, 바로 저런 고정관념이라고 해야 할 거예요.

그래서 나는 이렇게, "문득 당신을 생각하다가 나 자신을 돌아보는" 편지를 한결 편안한 마음가짐으로 쓰고 있습니다.

그래요, 나는 하루하루 살면서 문득 당신을 생각해요. 그리고 그 생각으로 말미암아 나 자신을 돌아봐요. 그 자기발견이 나에게 어떤 의미인지, 얼마나 기쁘거나 슬프거나 즐겁거나 놀랍거나 괴로운 일인지에 대해 당신에게 이야기하고 싶어하죠.

그리고 이런 나의 이야기가 당신에게 매력적으로 보이기를 원해요. 솔직히 나는 언제나 당신을 매료하기 위해 상당히 애를 쓰고 있어요. 내가 문득문득 떠올리는 당신에 대한 생각이 결국에는 나 자신에 대한 생각으로 귀결된다는 것을, '나'라는 근사한 세계에 당신이 구성물이 될 수 있다는 것을 당신이 영광스럽게, 또는 기쁘게 여겨줬으면 해요.

좀 거만한 소리 같나요? 얼떨떨하거나 당황스러운가요? 당신에게는 다음과 같은 선택지가 있습니다.

1. 아밀이 매력적이니까 계속 읽는다.
2. '아밀밖에 모르는 아밀'의 편지에 개입하기 위해 아밀에게 답장을 보내며 읽는다.

한번 생각해보세요. 알았죠? 그리고 만약 당신이 누

구인지, 내 생각에 대해 어떤 생각을 하는지 내게 들려주고 싶다면, 걱정 마세요, 나는 당신의 침묵을 좋아하는 만큼이나 당신의 목소리도 좋아하니까요. *Amil*

# 지상에서 우리는 잠시 매혹적이다

오션 브엉

어느새 5월이 되었네요. 당신에게 보내는 편지를 한 주 걸렀을 뿐인데 꽤 오래 쉰 것처럼 느껴집니다. 그동안 나는 당신이 그리웠어요. 당신도 그랬을까요?

어떻게 지냈나요? 나는 일에 좀 더 집중하는 시간을 가졌고, 춤을 췄어요(케이팝 댄스를 배우고 있답니다). 영화 《노매드랜드》를 보고, 태민의 온라인 솔로 콘서트도 보고, 밤의 창덕궁에 다녀오기도 했습니다. 화면 너머에서 또는 눈앞에서 펼쳐지는 갖가지 아름다운 풍경을 많이 보았네요. 또 기억할 만한 일이라면 종합심리검사를 받은 것입니다. 네 시간이 넘게 이어지는 여러 종류의 심리검사를 수검하면서 녹초가 되었지만, 그럴 만한 가치가 있었어요. 결과를 받아보니 나는 어떤 측면에서는 내 생각보다 연약한 사람이었고, 또 어떤 측면에서는 실제보다 연약한 사람으로 스스로를 평가하고 있기도 했더군요. 나 자신을 떠받치고 있었던 환상 중 일부가 무너지는 경험은 과히 즐겁지 않았지만 그 빈 자리는 곧 또 다른 환상으로 채워지겠지요. 이 과정을 거쳐가면서 앞으로 나는 더욱 강해질 수 있을까요.

사랑은 우리를 강하게 만들까요?

앞서서 잠깐 케이팝 이야기를 해서인지 소녀시대의 명곡이 떠오르네요. 〈다시 만난 세계〉에는 이런 노랫말이 나오죠. "널 생각만 해도 난 강해져/ 울지 않게 나를 도와줘." 그래요, 사랑하는 사람을 지키기 위해 우리는 싸울 수 있고, 우리를 사랑해주는 사람의 손길이 좌절하려던 마음을 일으켜세울 수도 있고, 사랑을 해나가기 위해 어두운 미래에 기꺼이 희망을 걸 수도 있겠죠. 사랑하는 사람 덕분에 강해질 수 있다는 것은 분명 멋진 일이에

요. 하지만 말해봐요, 당신은 나를 사랑함으로 인해 강해
지기만 하나요?

우선 말하고 싶은 것은, 나는 당신 때문에 자주 약
해지는 나 자신을 발견하고, 그 사실을 부인하지 않음으
로써 당신을 사랑한다는 거예요.

"그는 나를 사랑해, 그는 나를 사랑하지 않아, 우리
는 꽃이라는 존재에서 꽃을 떼어내며 그렇게 말하도록
배워요. 사랑에 도달하는 것은, 그렇다면, 소멸을 통해
도달하는 것이죠." 《지상에서 우리는 잠시 매혹적이다》
에서 오션 브엉은 이렇게 말해요. 우리 자신을 비움으로
써 마침내 도달하는 사랑에 대해. 스스로의 존재를 지우
기를 택함으로써 비로소 얻을 수 있는 사랑에 대해.

사랑하지 않을 때 나는 스스로를 무장하고, 상대방
을 공격하거나 상대방으로부터 나 자신을 방어해요. 세
상을 보고, 듣고, 맛보고, 만지고, 경험하고, 무엇이 위험
하고 무엇이 안전하며 무엇이 나를 만족시키고 무엇이
나를 불쾌하게 하는지를 알고 그 경험을 토대로 선택의
기준을 만들고요. 요컨대 사랑하지 않을 때 나는 이 세상
을 살아가는 주체로서 할 수 있는 모든 것을 하죠. 이건
생존을 위해 싸워나가는 모든 동물에게 지극히 당연한

섭리라고 할 수 있어요. 그런데 사랑의 정말로 놀랍고 귀한 면은, 우리가 사랑을 위해 주체가 되기를 '멈출' 수 있다는 점이에요.

가령 나는 당신을 사랑하기 때문에 기꺼이 내 성벽을 허물어요. 당신이 있을 자리를 마련하기 위해 기꺼이 나의 가장 내밀한 자리를 내놓고요. 당신에게 온기를 전하기 위해 기꺼이 나의 따스하고 여린 맨살을 드러내지요. 그것이 내게 안전한 일인지, 나를 배 불리거나 만족감을 줄 수 있는 행위인지의 여부는 이 순간 전혀 중요하지 않아요. 오로지 당신을 사랑하기 때문에 나는 당신에게 나 자신을 내어주고, 당신의 앞에 무릎 꿇고서, 당신이 하고 싶은 대로 내게 행하라고 말할 수 있어요. 나는 당신을 사랑하기 때문에 당신에게 나를 먹음으로써 나를 자양분 삼기를 요청할 수 있어요. 당신을 사랑하기 때문에 나는 세상을 보고 듣고 감각하는 자이기를 중단하고, 당신에게 나 자신을 보이고, 들리고, 감각되는 대상이 되게끔 할 수 있어요. 당신 앞에서 매혹적인 존재가 되기 위해 나 자신을 단장할 수도 있어요. 이런 자발적 복종이야말로 어쩌면 인간을 인간답게 만들어주는 일이라고, 오션 브엉은 말합니다.

사냥꾼을 발견한 상황에서, 자신을 먹이로 내어주는 동물이 있다면 뭐라고 부를까요? 순교자? 약자? 아니요, 멈추기 위해 귀한 힘을 얻고 있는 짐승이에요. 네, 문장 속의 마침표 말이죠. 그것이 우리를 인간으로 만드는 것이에요.

오션 브엉은 베트남 이민자 미국인 작가이자 퀴어 작가로, 《지상에서 우리는 잠시 매혹적이다》는 그의 자전적 경험이 담긴 소설이라고 합니다. 소설의 화자는 두 살 때 가족과 함께 베트남 전쟁에서 도망쳐 미국으로 건너온 이민자 소년으로, 차별과 폭력에 노출된 어린 시절을 보내다가 마침내 첫사랑을 만나요. 상대는 전형적인 레드넥 가정에서 자란 소년 트레버. 화자는 황인종 이민자인 데다 게이이기까지 한 여러 겹의 소수자성을 갖고 있죠. 반면 그가 사랑하는 트레버는 대대로 미국에서 나고 자라 미국식 영어를 모어母語로 체득한 백인이고, 미국이라는 나라의 명과 암을 그대로 타고났다는 점에서 화자와는 비대칭적인 위치에 놓여 있어요. 하지만 트레버 역시 가난한 환경에서 알코올 중독자 아버지의 폭력에 시달리며 일찌감치 마약과 총기에 의존하지 않을 수

없었던, 너무나 어리고 연약하고 소외된 존재라는 점은
화자와 마찬가지였어요. 이런 두 소년의 사랑은 때로 폭
력적으로 보이지만, 사랑이 우리를 인간답게 할 때—그
것이 진실로 사랑일 때, 즉 우리가 자발적으로 기꺼이 선
택한 것일 때, 누군가에게 복종한다는 것이 어떤 "귀한
힘"을 가질 수 있는지 오션 브엉은 이야기해요. 두 인물
의 섹스 체위를 묘사하는 다음 단락에서 그는 지배와 복
종 사이 힘의 역학을 이렇게 비유합니다.

> 왜냐하면 복종이란, 저는 곧 배우게 되었지만, 그 또한 힘
> 의 한 종류이기 때문이었어요. 쾌락 안에 머물기 위해 트
> 레버에게는 제가 필요했어요. 저에게는 하나의 선택권,
> 기술이 있었고, 그 애가 올라갈지 내려올지의 여부는 그
> 애를 위해 공간을 내어줄지 말지에 대한 제 의지에 달려
> 있었어요. 무언가 딛고 설 게 없으면 일어설 수 없는 법이
> 니까요. 복종은 통제를 위해 자신을 높여주길 요구하지
> 않아요. 저는 제 자신을 낮추죠. 그 애를 제 입안에, 밑바
> 닥까지 깊숙이 들인 다음, 물끄러미 올려다봐요. 제 눈은
> 그 애가 잘 자라날지도 모르는 장소이고요. 잠시 후, 움직
> 이는 것은 빠는 쪽이에요. 그러면 그 애가 따라오죠. 제가

이렇게 흔들면 그 애도 따라 움직여요. 그렇게 마치 연을 바라보듯 저는 그 애를 올려다봐요. 그 애의 몸 전체가 휘청거리는 세계인 제 머리에 매여 있어요.

놀랍지 않나요. 내가 당신을 위한 세계가 될 수 있다는 것이요. 내 복종을 당신이 받아들일 때, 당신의 존재 전체가 내게 매여 있을 수 있다는 것이요.

《지상에서 우리는 잠시 매혹적이다》의 화자는 어머니에게 구타당하며 자랐어요. 화자의 어머니는 남편에게 구타당하며 살았고요. 또 어머니의 어머니는 전쟁통에 성노동자로 일하며 목숨을 걸고 딸을 지켰죠. 화자도, 화자의 가족도, 화자가 사랑하는 트레버도 모두 폭력의 언어에 너무나 익숙한 사람들이었어요. 어쩌면 폭력의 언어로밖에 사랑을 전달할 줄 모를 것 같은 사람들. 그러나 사랑이란, 그들 자신과 마찬가지로, 폭력으로 덮어쓰기될 수 있는 것이 아니라 오히려 폭력 한가운데에서도 끝까지 살아남는 어떤 것이겠죠. 자신을 위협하는 상대를 제거하고 그 시체들 틈바구니에서 웅대한 자아를 건립하려고 애쓰는 사람들의 싸움 사이에서, 마치 블랙홀처럼, 오히려 완전히 소멸하고자 하는 자아. 주위를 밀어젖히기보다는 빨아들임으로써 스스로의 존재를 증거하는 것. 그것은 연약함이 아니라 이미 그 자체로 강인함일지도 몰라요. 힘을 유예하는 힘, 움직임을 멈추는 움직임. 저 석양처럼 "사라지기 직전에만 존재하는" 아름다움.

"우리는 아름다움으로부터 태어났어요. 누구도 우리를 폭력의 열매로 오인하도록 내버려두지 마세요. 그 폭력, 그 열매를 관통했던 폭력은 열매를 망치는 데 실패했어요"라고 단호하게 선언하는 오션 브엉의 말을 들으며 나는 다시금 자문했습니다. 사랑은 우리를 강하게 만들까요? 그래요, 정말 그런 것 같습니다. *Amil*

## 약속의 네버랜드

데미즈 포스카 그림
시라이 카이우 글

만화 《약속의 네버랜드》를 보면서 나는 어렸을 때 엄마를 미워했던 기억을 떠올렸습니다.

엄마를 미워하지 않은 딸이 있을까요? 나는 엄마를 사랑하는 만큼 미워하고, 미워하는 만큼 사랑했어요. 엄마가 나를 온갖 위험으로부터 지켜주고, 나를 먹여주고, 재워주고, 병이나 상처를 낫게 해주고, 말하는 법을 가르쳐주었기 때문에, 엄마가 한때 내 세상의 모든 것이었기 때문에 사랑했지만, 바로 그 이유 때문에 엄마를 격렬히 미워하기도 했습니다. 나는 다른 것을, 무언가 다른 것을 원했으니까요.

《약속의 네버랜드》는 그림처럼 예쁜 들판에 자리잡은 한 보육원에서 시작됩니다. 그곳에서 고아들은 '엄마'라고 불리는 보육원 관리자 밑에서 사랑과 보살핌을 듬뿍 받으며 자랍니다. 엄마는 아이들을 하나하나 차별 없이 대하고, 언제나 웃는 얼굴로 상냥하게 가르치고, 영양이 고루 갖춰진 음식을 나눠주고, 저마다의 재능을 눈여겨보고 각자의 자질이 충분히 발달할 수 있게끔 북돋우지요. 그곳의 아이들은 엄마를 지극히 사랑합니다. 또한 보육원에서의 삶을 지극히 사랑하고요. 언젠가 입양처를 찾으면 그곳을 떠나 바깥세상으로 나가게 되리라는 것을 알고 있지만, 그렇기 때문에 더더욱 이곳에서의 삶을 소중히 여깁니다. 그런데 이 아이들이 누구보다도 사랑하는 사람이 있다면 그것은 엄마가 아니라 친구들, 즉 이곳에서 더불어 자라나는 아이들이에요.

그래서 그 보육원이 실은 인육을 키우는 농장이었고, 그들은 일정 나이가 되면 부잣집에 입양되는 대신 고기로 납품되며, 그들의 천사 같은 어머니가 실은 그들을 팔아넘기는 농장주였다는 진실을 알게 되었을 때, 그토

록 잔혹하고 충격적인 진실에도 불구하고, 아이들은 이
겨냅니다. 서로를 지키기 위해서.

우리는 우리의 친구들을 실로 얼마나 사랑하는지
요. 때로는 엄마보다 더.

페미니즘 정신분석 이론가 줄리엣 미첼은 저서 《동
기간》에서 부모와 자식간의 수직적 사랑과 동기간(형제,
자매, 남매)의 수평적 사랑을 구분하면서, 친구들 사이의
수평적 관계도 넓은 범위에서 '동기간'으로 묶을 수 있다
고 말합니다. 미첼에 따르면 아이들은 무엇보다도 동기
사이에서 성장하는데, 종래의 정신분석학은 지나치게
수직적 관계에만 초점을 맞춰서 아이들의 성장 정도와
방향이 전부 부모에게 달려 있는 듯 이야기하는 문제가
있다고 해요. 사실 아이들은 다른 아이들을 모방하고 질
투하고 미워하고 동경하고 그들과 싸우면서 자아와 타
아를 구분하는 법과 타인을 사랑하는 법을 배우지요. 비
단 아이들만이 아니라 성인이 되어서도 우리는 이 방법
을 여전히 배우고 있다고 할 수 있을 거예요.

하지만 우리 사회는 수직적 관계를 너무나 중시하
고, 그래서 수평적 관계가 가능한 사이마저 모두 수직적
도식으로 바꾸려 하는 고질적인 습관이 있어요. 예컨대

헤테로 부부를 성별이 다른 두 사람의 시민결합이 아니라 아내가 남편에게 종속된 관계로 여기는 시선이 팽배하죠. 대학에서 함께 공부하는 학우들이 누군가는 선배가 되고 누군가는 후배가 되어 후배가 선배의 말을 따라야 하는 관계가 되기도 하고요. 한국에서는 나이에 따라 형님과 아우, 언니와 동생 등 손위와 손아래를 구분하고, 나이가 다른 사람과는 친구가 될 수 없다고 여기기도 해요. 하지만 우리가 서로를 동기로 대우하는 능력, 수평적으로 교제하는 능력을 상실하고, 오로지 수직적 관계로 서로의 위치를 배치하며 그것을 편안하게 여긴다면, 과연 우리가 시민사회의 대등한 구성원이자 필연적인 타자로서 더불어 살아갈 수 있을까요.

동기간의 특징은 무엇보다도 재생산과 무관하다는 점에 있습니다. 부모와 자식의 관계는 부모가 아이를 재생산한 데에서 유래하고, 자식이 또 자식을 낳아 수직적 계통을 이어가리라는 기대를 예비하죠. 헤테로섹슈얼 성애는 여자와 남자가 결합해 자식을 낳기를 기대하는 결혼제도를 기반으로 지지받고요. 하지만 동기들(혹은 친구들)은 성별이 무엇이든, 나이가 얼마나 차이가 나든, 서로 섹스를 하든 하지 않든 간에, 자식을 낳는 데에 무관심한 사이입니다. 그들은 자신의 자아를 후계자라는 형태로 확장시키는 것을 목표로 하는 활동에 관여하지 않는 경향이 있습니다. 그렇기 때문에 동기성이라는 것은 흔히 퀴어성과 겹쳐집니다. 또한 그렇기 때문에 수직적 관계보다 부차적이고, 열등하며, 중요하지 않은 것으로 격하되고 배제되기 일쑤이지요.

　　나는 외동이기 때문에 형제자매가 없습니다. 하지만 사랑해 마지않은 친구들이 있지요. 어렸을 때부터 나는 어른들이 친구 관계를 지나치게 무시하는 경향이 있다고 생각했습니다. 내 삶에서 친구들은 정말 중요한 존재였는데, 어른들은 친구가 삶에서 그저 지나가는 존재, 금방 헤어지고 잊히고 또 새로운 친구로 교체될 수 있는 관계, 언제든 변할 수 있는 인연이라고만 생각하더군요. 나는 그렇지 않았는데 말이에요. 나는 친구들을 위해 내 가족을, 내 집을, 내 삶의 기반을 버리고 나아갈 수도 있다고 생각했어요. 내 친구들도 나와 같은 작정이 되어 있기만 하다면 말이에요. 친구들과 함께 서로의 몸과 성을 탐구하고, 우리끼리의 쾌락을 학습하고, 우리만의 언어를 구축하고, 우리의 힘으로 밥을 벌고 옷을 지어 입고, 넓은 세상으로 나아가서 새로운 땅의 주인이 되고 싶었어요. 하지만 어른들은 우리가 그렇게 하도록 내버려두지 않았죠. 우리를 '보호'한다는 미명 하에 말이에요.

그 과정에서 나는 친구들을 잃었습니다. 어른들의 기만과 협잡과 폭압을 이겨내기에 우리는 약했고, 더러는 서로를 의심하고 배신했으며, 시간과 공간과 돈이라는 물리적 한계를 넘어서지 못하기도 했지요. 그렇게 잃어버린 친구들을 생각하며 나는 《약속의 네버랜드》를 읽었습니다. 네버랜드의 아이들이 자신들을 잡아먹으려하는 온 세상과 맞서 싸우며, '단 한 명의 친구도' 잃지 않기 위해 사력을 다하며 성장하는 과정은 내게 큰 감동을 주었습니다.

아이가 엄마에게 살의에 가까운 증오를 느끼는 것은 발달 단계에서 당연한 일이라고 합니다. 아이들을 위한 동화책에 추악하고 못된 마녀가 흔히 등장하는 것도 그래서라고 해요. 그건 아이들이 상상하는 엄마의 부정적인 모습이라는 거죠. 아이들은 그런 동화를 통해 좋은 엄마에게서 나쁜 엄마를 분리하고, 마침내 마녀가 징벌을 받는 장면에서 죄책감 없이 나쁜 엄마를 죽이는 카타르시스를 얻는다고 해요.

나는 '내 안의 나쁜 엄마'를 죽일 방법을 아직 찾고

있는 것 같아요. 그리고 그 과정에서 새롭게 만난 나의 퀴어 친구들은 귀중한 아군입니다. 수직적 관계를 중시하는 이 세상은 우리의 우정을 철없는 무언가로 취급하고, 퀴어가 재생산에 기여하지 않기 때문에 이기적이라거나 열등한 것이라고 치부하기도 하지만, 나는 그런 것에 아랑곳하지 않을 거예요. 당신이 나를 친구로 대해주기만 한다면 말이에요.

그렇지 않나요, 내 친구? *Amil*

# 나방

김사월

날이 부쩍 더워졌습니다. 장마처럼 비가 추적추적 내리는 날들도 많았네요. 그저께는 한강변으로 소풍을 갔다가 가로등 불빛 아래 날아다니는 모기와 나방을 보았어요. 밤의 강변인데도 그리 춥지 않은 공기 속에서 모기를 잡고 있으려니, 이젠 여름이구나 싶더군요.

오늘은 그래서 좀 더운 음악을 가져왔습니다.

김사월을 좋아하세요? 나는 좋

아합니다. 특히 어둡고 퇴폐적인 기운이 물씬 감도는 김
사월의 음악들을 좋아하는 편이에요. 〈악취〉나 〈스테이
지〉, 김해원과 함께한 〈지옥으로 가버려〉 같은 노래요. 나
는 이 곡들을 들으면 늘 후끈한 열기, 끈끈한 습기, 콧속
을 파고드는 여름의 풍성한 향기와 악취가 동시에 떠올
라요. 앨범 《헤븐》의 수록곡인 〈나방〉도 그 연장선상에
있다고 할 수 있겠네요.

음산한 라디오 소음과 피아노와 함께 시작하는 〈나
방〉은 끝까지 음산한 분위기로 이어집니다. 김사월의 무
심하고 쓸쓸한 보컬을 듣다 보면 그 자음과 모음이 만들
어내는 소리에 어루만져지는 느낌이 듭니다. 그건 무엇
보다도 이 곡의 노랫말이 울림소리로 이루어져 있기 때
문이에요. '노란 불빛', '노랗게 빛나는', '너와 사랑을'
'나누었던' '노란 오후'… 니은과 리을과 이응의 향연이
죠. 목구멍에서 부드럽게 굴러 나오는 저 소리들은 한없
이 나긋나긋하고 따스한 어떤 세계로 우리를 이끌 것만
같아요. 나방을 유혹하는 저 노랗고 따스한 불빛처럼요.

노란 불빛을 보면 쫓아가는
버릇이 있어요

버릇이 있어요

그곳은 포근하고 달콤한 것들로

꾸며져 있겠죠

꾸며져 있겠죠

옥탑에 살 때 더운 날 수박을 가져온

너와 사랑을 나누었던 노란 오후

옥탑에 살 때 더운 날 수박을 가져온

너와 사랑을 나누었던 노란 오후

나를 원한다는 건 노랗게 빛나는

순간이었었지

순간이었었지

더러운 신촌 거리 가끔 보이는 노란

불빛의 술집

가서 마셔버리자


이 노래에 나방이라는 단어는 한 번도 나오지 않지만, 우리는 이것이 나방의 시점이라는 것을 충분히 알 수 있어요. 나방이 불빛만 보고 뛰어들다가 결국 뜨거운 열기에 타 죽거나 길을 잃고 방황하다 죽기 일쑤라는 것도요. 화자는 "포근하고 달콤한 것들로" 이루어진 세계에 대해 이야기하지만, 우리는 그 포근함과 달콤함이 환영일 뿐이며 실은 죽음의 덫이라는 것을 잘 알고 있지요. 그럼에도 화자는 그 세계를 향해 자꾸만, 자꾸만 날아갑니다. 왜냐하면 그 세계는 "너와 사랑을 나누었던" 기억이니까요.

이 기억을 어떻게 외면할 수 있겠어요?

이 노래를 듣다 보면 우리가 사랑하는 현재의 순간을 멀찍이 떨어져서 관찰하듯 보게 돼요. 이를테면 지금 이런 순간들요. 당신이 먼저 잠든 밤, 당신에게 보내는 편지를 쓰는 순간. 당신에게 노래를, 김사월을 들려주는 순간. 초여름날 당신과 나란히 서울 도심을 걷는 순간. 내 손 안에 당신의 손이 들어오는 순간. 당신의 따뜻한 살결을 만지고 어깨에 고개를 묻는 순간. 공기중에 당신의 웃음소리가 흩어지는 순간. 서로의 다리에 다리를 포개고 앉아 유튜브를 보며 과자를 집어먹는 순간. 우리끼리만 아는 농담을 주고받는 순간. 당신이 원하는 눈빛으로 나를 바라보는 순간.

만약 언젠가 당신이 내 곁에 없는 때가 온다면, 내게 지금의 이 순간들은 더운 날 허공 저편에 어른거리는 불빛처럼 그립고 몽롱한 기억이 될까요. 그리고 백열등에 달려드는 나방처럼 부질없이 당신과의 기억에 탐닉하고 또 탐닉하다가 스스로의 해로운 버릇에 질식하게 될까요. 달콤한 불빛에 흠뻑 취해 얇은 날개를 느릿느릿 파닥이다 점차 숨이 멎어가는 나방처럼 그렇게.

　　나방이 불빛을 좇는 것은 사실 달빛을 좇는 습성 때문이라는 것을 알고 있나요? 나방은 천적을 피해 밤에 활동하면서 하늘의 달을 나침반 삼아 비행 항로를 정하는데, 인간이 설치한 불빛을 보면 그게 달인 줄 알고 뛰어드는 거래요. 알고 보면 더 가엾죠. 어쩌면 나도 그런 가여운 처지가 될지도 몰라요. 지금 당신은 내가 어둠 속에서도 방향을 가늠하고 앞으로 나아가게 해주는 달빛 같은 존재이지만, 당신이 내 곁에서 사라진다면 나는 당신의 흔적들 사이에서 방황하다 영영 길을 잃을지도 몰라요.

　　그러니까 내 곁을 떠나지 말아요. *Amil*

# 팝콘 목걸이

헤르난 바스

안녕, 그동안 잘 지냈어요?

나는 일이 많아서 바쁜 나날을 보냈지만, 지난 주말에는 놓칠 수 없었던 전시를 보고 왔어요. 스페이스K 서울 갤러리의 '헤르난 바스: 모험, 나의 선택'전이었죠. (지금은 전시가 끝났답니다.)

헤르난 바스를 처음 알게 된 건 5년 전쯤, 구독하던 아트 웹진을 통해서였어요. 화면 속 이미지들이 시선을 단숨에 사로잡아서 홀린 듯이 구글링

을 하며 작품을 찾아보았던 기억이 나네요. 주로 어두컴
컴하면서도 컬러풀하고 울창한 숲을 배경으로 덩그마니
서 있거나 앉아 있는 소년들의 그림이었어요. 광대한 자
연과 대조적으로 왜소하고 불안정해 보이는 소년들의
모습에 마음이 끌렸던 것 같아요.

　나는 왜 소년을 좋아할까요? 우선 분명한 것은, 내
가 좋아하는 소년이란 실재하는 시스젠더 미성년 남성
을 의미하지 않는다는 점이에요. 시스젠더 미성년 남성
은 그저 시스젠더 미성년 남성이죠. 내가 좋아하는 소년
성은 오히려 그들에게는 있을 수 없는 특성인 것 같아요.

　나에게 있어 소년성이란 일종의 제로 상태예요. 무
언가 덧붙여지지 않은 상태. 10도, 1도, 0.1도 추가되지
않은 백지상태. 거꾸로 말하자면, 그 백지 위에 무엇이든
그릴 수 있는 상태. 왜냐하면 어린 시절 나는 내가 커서
'여자'가 될 것이라고 배웠는데, 여자라는 것은 으레 머
리에 리본을 달거나 A라인 치마를 입거나 가슴이 나온
도상으로 표현되었으니까요. 그리고 여자아이들은 실제
로 리본을 달지 않았어도, 치마를 입지 않았어도, 가슴이
나오지 않았어도 언제나 '아이'가 아니라 '작은 여자'로
치부되었고요. "예쁘다"거나 "못생겼다"라는 말에 연연

하도록 배우고, "커서 시집가면 시댁에서 귀여움받겠다"
는 말을 칭찬으로 여기도록 배우고, "너 그렇게 하면 남
자들이 싫어해"라는 말을 경고로 여기도록 배우면서요.
나는 그야말로 온 세상으로부터 "너는 여자"라는 말을
들으며 자랐고, 그런 말을 처음으로 들은 것이 언제였는
지 기억조차 나지 않아요. 아마 태어나면서부터였겠죠?
(분만실 간호사의 "공주님이네요!"라는 외침과 함께.) 하지만 나
는 이런 말을 한 번도 듣지 않았던 순간의 내가 있었을
것처럼 느껴요. 여자가 된다는 것이 무엇인지 모르고 알
아야 할 필요도 없었던 나, 여자로서 겪어야 하는 오욕과
불편과 부당을 겪지 않아도 괜찮았던 나, 세상을 기울어
지지 않은 각도로, 여성성이라는 렌즈를 덧쓰지 않은 눈
으로 바라볼 수 있었던 나, 여자라는 잉크로 얼룩지기 전
의 깨끗한 백지를 받아들고 그 위에 무엇이든 쓰거나 그
려도 된다고 허락받았던 시기의 나…. 그런 나에 대한
태초의 기억 같은 것을 가지고 있어요. 비록 가상의 기억
이겠지만, 나는 그 가상을 끝끝내 버릴 수가 없는 것 같
아요. 그걸 버리면 미쳐버릴지도 모르니까요.

　　그러니까 나의 소년 애호는 잃어버린 나 자신에 대
한 일종의 나르시시즘이라고 할 수 있겠네요. 돌아갈 수

없고 겪어본 적도 없는 가상의 과거에 대한 향수이기도 하고요.

그런데 소년성이란 무엇보다도 미성숙을 뜻하기도 해요. 백지란 결국 아무것도 채워지지 않았다는 뜻이니까요. 아직 이룬 것도, 정해진 것도 하나 없는 상태. 정해진 것이 없다는 것은 심지어 그의 젠더조차 정해지지 않았다는 뜻이기도 해요. (그러니까 내가 생각하는 소년少年이란 '남자-아이'가 아니에요. 젠더화 이전의 무언가라고 해야겠죠.) 그 미결정의 상태란 불안정하고 두려운 일이에요. 스스로 결정을 내리고 싶어도 그럴 수조차 없는 처지라는 것은 무력함을 뜻하기에 답답하지 않을 수 없고요. 세계의 위협에 저항하기 위해 소년에게 주어진 무기라고는 오로지 가능성, 가능성뿐….

그러나 소년이 이 가능성을 가지고 할 수 있는 일이 있어요. 자기만의 작은 세계를 상상하고 그 세계를 다스리는 왕이 되는 것. 거친 바다를 종횡무진하며 보물을 발견하고, 무인도의 로빈슨 크루소가 되어 자신만의 문명을 개척하고, 용과 싸워 이기고 공주를 구출해 나라를 얻고, 80일 동안 전 세계를 일주해 지구상의 모든 경험을 자기 것으로 만들었노라고 선포하는…. 그래요, 책을 통해서는 그런 것을 할 수 있어요. 책 속에서는 누구나 전지전능해질 수 있죠. 심지어 여자 - 아이들마저도 책을 읽을 때는 전지전능해요. 책을 읽을 때 우리는 여기가 아닌 어디로든, 지금이 아닌 어느 시간으로든 자유롭게 활개치며 뻗어나가므로, 지금 - 여기의 우리는 행복하게도 텅 빈 상태가 되죠. 즉 책을 읽을 때 우리는 누구나 백지의 소년이에요.

이것은 성숙한 어른—머릿속에 각종 고지서, 카드 명세서, 냉장고 속 식품 목록, 답변해야 할 메일들의 목록이 가득 차 있는 사람으로서는 얻을 수 없는 자유로움이지만, 그 자유로움은 꿈과도 같아서 그런 고지서와 명세서와 목록 들 때문에 쉽게 깨져버릴 수도 있죠. 마치 꿈처럼 괴상한 부분들, 깨고 나서 보면 도저히 말이 안 되는 부분들이 있기도 하고요. 하지만 그런 이상함과 위태로움 때문에 소년의 자유는 비로소 매혹적인 것 같아요.

헤르난 바스의 그림은 나에게 그 매혹을 보여주어요. 그것이 얼마나 이상한지, 얼마나 덧없는지를 넘어서, 그 아슬아슬한 분열감과 이질감으로 말미암아 그 풍경 속에 정박한 소년들의 모습이 얼마나 매력적일 수 있는지를 보여주지요. 예를 들어 헤르난 바스의 그림 속 소년들은 상어를 잡으러 비바람이 몰아치는 바다로 떠나면서 달랑 피케 셔츠 한 장에 반바지 한 장을 입고 있어요. 이런 모습을 보면 마치 세상 저 끝까지 가출을 하겠답시고 파자마 차림으로 집 앞 놀이터로 나온 아이를 보는 것만 같죠. 헤르난 바스가 그린 또 다른 소년은 네스 호의 괴물을 찾으려고 배에 타는데, 배 밖의 호수를 내다보는 게 아니라, 네스 호 괴물에 대한 책자가 가득 쌓인 선실 안에서 자기 손이 만들어내는 손그림자 괴물에만 집중하고 있어요. (문학소년답죠.) 또 어떤 소년은 장장 몇 주에 걸친 숲속 탐색 끝에, 보물이나 괴물이나 공주가 아닌 '세상에서 가장 작은 새'를 찾아내기도 하고요. 또 어떤 소년은 크리스마스 파티에서나 쓰는, 물에 닿으면 1초 만에 눅눅해져버릴 팝콘을 엮어 만든 목걸이를 곱게 두르고 불타는 석양이 내려앉는 해변에서 갈매기들과 어울리기도 해요. 사랑스럽지 않나요?

내가 몇 년 전 인터넷을 통해 처음 만났던 헤르난 바스의 초기작이 위협적인 세계 한가운데에서 불안정하고 연약할 수밖에 없는 소년들의 처지를 환상적으로 보여주었다면, 며칠 전 갤러리에서 만난 그의 최신작은 전보다 더 유쾌해진 것 같아요. 그리고 나는 그 유쾌함이 마음에 드네요. 때로 우리가 세상과의 싸움에서 이길 수 없다면, 유머라도 있어야 하니까요. 환상적인 유머라면 더할 나위 없죠.

나의 완벽하고도 위태로운 환상에 당신을 초대하고 싶은 밤이네요.

당신의 소년으로부터. *Amil*

The Popcorn Necklace _ Hernan Bas
Acrylic on Linen, 213.4×182.9cm, 2020

# Bloom Bloom

더보이즈

지난 편지에 이어서 오늘도 소년 이야기를 해볼까 해요. 정확히는 소년과 꽃과 불꽃에 대한 이야기요. 왜냐하면 6월은 소년의 계절이고, 6월의 소년은 낮에는 장미와 수국와 양귀비로, 밤에는 불꽃놀이로 피어나니까요!

'더보이즈'라는 케이팝 보이그룹을 아세요? 나는 요즘 그 그룹의 2019년 발표곡인 〈Bloom Bloom〉의 춤을 배우고 있어요. 춤을 배우면 배울수록 〈Bloom Bloom〉의 매력을 알아가는 기분이고, 새삼 당신에게 다시금 반하는 기분이에요. 이 노래는 무엇보다도 사랑의 환희에 대한 노래거든요. 너에 대한 사랑 때문에 간질거리는 마음, 벅차서 터질 것만 같은 마음, 꿈이라면 깨고 싶지 않은 마음… 그런 마음을 꽃이 흐드러지게 피어나는 장면으로, 그리고 한밤중의 불꽃놀이로 비유하는 노래랍니다.

　　이렇게 말하니 흔한 비유인 것 같죠? 하지만 이 곡에는 독특한 점이 있어요. 노래하는 화자가 소년인데, 상대방을 꽃으로 비유하는 게 아니라 '자기 자신을' 꽃으로 비유한다는 점이에요.

　　전통적으로 소년은 자신이 사랑하는 소녀(혹은 누가 됐든 상대방)를 꽃으로 빗대는 경우가 많죠. 내가 사랑하는 네가 지금 이 순간 얼마나 예쁜지, 내가 너를 얼마나 훔치고 싶거나 꺾고 싶은지, 너의 아름다움에 내가 얼마나 눈이 머는지… 등등을 이야기하고 말예요. 하지만 〈Bloom Bloom〉에서는 반대예요. 여기서 '너'는 하늘이고 계절이에요. '나'는 '너' 때문에 피어나는 꽃이고요. '나'는 네 푸르른 빛을 받아 깨어나고, 너의 숨결을 받아 색채로 물들고, 너라는 바람을 받아 가슴이 뛰기 시작하고, 너라는 따스한 멜로디에 들썩이며 움직인다고 말합니다. 그러다 마침내 팡팡, 폭죽이 터지듯이 꽃봉오리를 터뜨리는 거죠. "맙소사, 말도 안 돼!" 화자는 꽃 속에서 막 태어난 엄지공주처럼 눈을 비비며 감탄을 반복하고 세상을 경이로워합니다. "이 기분 몰라, 나조차 놀라!" 자기 자신의 감정조차 낯설어 어쩔 줄 모르고요. "어질 어질해져", "견딜 수 없어"… 사랑의 기쁨에 벅차다 못해 심지어 고통스럽기까지 합니다. 자신에게 무슨 일이 벌어지는 건지 이해하지 못하지만 그러나 무언가 엄청나고 대단하고 경이로운 일이 벌어지고 있다는 것만은 분명히 알 수 있는 소년은, 자신에게 일어난 변화를 저 하늘에도 꼭 알려주고 싶어합니다. "나의 세상에 터지는 불꽃놀이／네게도 펼쳐줄게"… 그래서 하늘에 폭죽을 쏘아 올리는 거죠. 꽃이 피어나는 땅이 바로 지금의 내 세상이듯, 불꽃이 터지는 하늘이 곧 네 세상이기를 바라며.

이 모든 것은 무엇보다도 안무를 통해 드러납니다. 〈Bloom Bloom〉의 안무는 소년들이 스스로를 꽃과 불꽃으로 표현하는 과정으로 구성되어 있어요. 바람에 분분히 흩날리는 꽃잎, 겹겹이 열리며 꽃술을 드러내는 꽃봉오리, 허공으로 팡팡 터지는 불꽃… 이런 화려한 장면들을 무대 위에서 그려 보이죠. 스스로의 몸을 굴리고,

날리고, 하늘 높이 쏘아 올리면서…. 이들을 보면 꽃이
피는 과정이 결코 잔잔하거나 가냘프지 않다는 것을 알
수 있어요. '소년미'를 강조하기 위해 〈Bloom Bloom〉
의 소년들은 힘차게 뛰고, 발을 구르고, 바닥을 내리치며
격렬하게 움직이거든요. 금방이라도 산산이 부서질 것
처럼.

　그 '부서질 것 같은' 지점이 이 노래에 또 다른 뉘앙
스를 덧입히는 것 같아요.

　시적 전통의 맥락에서, 꽃이 된다는 것은 아름다운
존재가 된다는 것을 의미할 거예요. 그리고 아름다움이
라는 것은 필연적으로 그것을 보는 사람의 존재를 필요
로 하고요. 보는 사람이 없는 아름다움은 성립되지 않으
니까요. 만약 당신이 아름다운 존재가 되고자 한다면 근
본적으로 위태로운 처지를 감수해야 해요. 무언가가 아
름다우냐 아름답지 않으냐 하는 것은 순전히 상대방의
판단에 달려 있기에, 그 판단에 자신의 모든 것을 내걸어
야 하는 일이니까요.

　그러니까 〈Bloom Bloom〉의 소년들은 꽃이 된 자
신을, 꽃이 흐드러진 자신의 세상을, 그 찬란함을 노래하

면서 스스로를 가열<sup>苛烈</sup>하게 대상화하고— 무대 영상에서 이들이 얼마나 어여쁜 화동처럼 꾸미고 있는지 보세요!— 그로써 스스로의 입지를 '너'에게 의탁하는 셈입니다. '너'가 나의 계절이고 바람이고 하늘이라면, '나'는 '너'의 변덕이나 부재 때문에 순식간에 뿌리 뽑히거나 시들 수도 있는 운명이 아니겠어요? 더 나아가 '나'로서는 '너'가 어떤 변덕을 부릴지, 언제 홀연히 사라질지 알 수 없을 뿐만 아니라, '너'가 '나'를 어떻게 볼지, '나'라는 꽃과 꽃의 피어남에 대해 하등의 관심이 있기는 한지조차 알 수 없다는 뜻이기도 합니다…. 실제로 〈Bloom Bloom〉에는 '너'가 어떤 사람인지에 대한 묘사는 거의 없어요. '너'로 인해 내가 어떤 영향을 얼마나 받고 있으며 그게 얼마나 놀라운 일인지에 대한 이야기만 가득하죠. 애초에 '너'가 실제로 존재하는 사람이기나 한지도 의문입니다. 어쩌면 이 모든 게 환상은 아닐까요?

"너로 그린 사랑이란 꿈/ 이대로 깨고 싶지 않은 이유"… "너를 만난 그 순간/ 터질 듯 와와 wow/ 설레어 와 wow/ 꿈이 아니길" … 화자는 이미 '너'의 실재를 의심하고 있습니다. 이 모든 게 꿈일지도 모른다고 생각하고, 꿈이 아니기를 바라고, 꿈이라면 깨지 않기만을 바라고 있죠. 어쩌면 〈Bloom Bloom〉이라는 노래 전체가 '꿈에서 깨지 않기 위한' 노력 그 자체일지도 모릅니다. 정말로 내 곁에 있어주는지 알 수 없는 너, 나를 정말로 예쁘다고 생각하는 게 맞는지 알 수 없는 너, 무슨 생각을 하는지 이해할 수 없는 너, 계속 나를 사랑해줄지 예측할 수 없는 너… 그런 너에 대한 불안을 잠재우기 위해, 그리고 너를 붙잡기 위해 '나'는 계속해서 히스테리컬하게 폭죽을 쏘아 올립니다. "나의 세상에 터지는 불꽃놀이/ 너에게 다 보여줄게"라며, 스스로를 터뜨려서라도(!) 눈길을 잡아 돌리려고 하죠. "너와 나 놓치지 않아/ 널 놓치지 않아"… 연신 주문을 외우면서, "눈에 담고 싶은 너"를 강박적으로 사로잡으려 애쓰면서… 하지만 그렇게 스스로를 터뜨려버리면(!!) 자기 자신은 더더욱 위태로워지기만 하지 않을까요? 급속도로 파열되어가는 자기 자신이 이 소년에게는 보이지 않는 걸까요?

네, 보이지 않겠죠. 아니면 상관없거나.

내가 〈Bloom Bloom〉을 좋아하는 이유는 바로 이런 빛과 어둠의 착란 때문이에요. 온 세상에 팡팡 터지는 꽃과 불꽃의 축제, 시야에 흐드러지는 빛의 찬란한 파노라마, 그것이 내포하는 불안과 광기. 온 하늘에 빽빽이

꽃을 피워내려고 몸을 내던지며 뛰어다니는 소년을 생각하면 나는 그 애를 꼭 안아주고 싶어져요. 괜찮아, 나는 네 곁에 있을 거야.

지금 이 순간만큼은. *Amil*

두 눈 속의 Blue sky

깨어나는 감각 새롭게 설레어 Babe

찰나 스친 그때 향기마저 두근대

네 숨이 닿는 곳마다 물들어


푸른 You you you

널 볼수록 커지는 설렘

You you oh you

(완벽해 Love yo)

하나 둘 시작되는 이야기

따스하게 번진 멜로디

네가 내 계절이 됐어


이 순간 모든 게 All mine

(All mine bae)

살며시 웃는 널 따라 흩날린

나의 세상에 터지는 불꽃놀이

너에게 다 보여줄게

Bloom Bloom Pow

너와 꽃이 피어나

물들여 와와 (wow)

내게로 와 (wow)

Bloom Bloom Pow

내 맘속을 찬란히

비추어 와와 (wow)

빛으로 와


눈부시게 피어오른 (You) (You're my bae)

기다려 온 나의 계절 (You) (You're my bae)

너로 그린 사랑이란 꿈

이대로 깨고 싶지 않은 이유

Bloom Bloom Pow

너를 만난 그 순간

터질 듯 와와 (wow)

설레어 와 (wow)

꿈이 아니길

Hu-h 맙소사 말도 안 돼

It's like 붕 떠 있는 풍선 잡고 위로

승 올라가서 풍경을 색칠해보자고 물감은 봄

You're my blue sky

너란 바람 분다 지금 너를 향한 순간

넌 나를 멋대로 설레게 가슴 뛰게 만들어

스며들어 네게로


이 기분 몰라 나조차 놀라

Oh 너와 나 놓치지 않아

널 놓치지 않아

(Oh yeah yeah yeah)


눈에 담고 싶은 너야

(You're my girl)

둘만의 그림자 따라 흩날린

나의 세상에 터지는 불꽃놀이

네게도 펼쳐줄게

Bloom Bloom Pow

너와 꽃이 피어나

물들여 와와 (wow)

내게로 와 (wow)

Bloom Bloom Pow

내 맘속을 찬란히

비추어 와와 (wow)

빛으로 와


Bloom Bloom Pow

너를 만난 그 순간

터질 듯 와와 (wow)

설레어 와 (wow)

꿈이 아니길


어질어질어질 해져가

너와 있으면

아찔아찔아찔 해져가

견딜 수 없어

흐드러지게 핀 이 순간 너

So beautiful yeah

늘 꿈꿔왔던 너잖아


점점 더 다가와

눈을 뗄 수 없도록 (다 닿을 듯이)

점점 더 다가와

내게로 내게로 내게로 내게로 와

점점 더 다가와

너만 바라볼수록 (다 닿을 듯이)

점점 더 다가와

너에게 깊이 빠져가 you


Bloom Bloom Pow

너와 꽃이 피어나

물들여 와와 (wow)

내게로 와 (wow)

Bloom Bloom Pow

내 맘 속을 찬란히

비추어 와와 (wow)

빛으로 와


눈부시게 피어오른 (You) (You're my bae)

기다려 온 나의 계절 (You) (You're my bae)

너로 그린 사랑이란 꿈

이대로 깨고 싶지 않은 이유

Bloom Bloom Heart

너와 있는 이 순간

사랑이 와와 (wow)

꿈처럼 와 (wow)

이대로 우리


더보이즈, 〈Bloom Bloom〉

# 왕포는 어떻게 구원되었나

마르그리트 유르스나르   요즘 내가 가장 많이 읽는 것은 나의 글입니다. 첫 소설집 출간을 앞두고 교정을 보는 중이거든요. 내가 쓴 글을 거듭 읽고 바로잡는다는 것은 고되기도 하지만 무엇보다도 지겨운 일입니다. 무라카미 하루키는 "쓴 글을 다시 읽는다는 것은 벗어놓은 양말 냄새를 맡는 것과 같다"라고 비유한 적이 있는데, 그 정도로 더럽게 느껴지지는 않더라도 최소한 내 체취를 벗어난 다른 냄새를 맡고 싶어지기는 하는 것 같습니다.

마르그리트 유르스나르의 《동양 이야기》는 내게 그런 신선한 냄새를 몰고 와주었습니다. 이 소설집은 마르그리트 유르스나르가 그리스, 발칸반도, 일본, 인도, 중국 등에서 전해지는 전설들을 토대로 다시 쓴 작품들을 모아놓은 것인데요. 동방에서 유럽으로 수입된 이야기가 프랑스의 여성 작가를 거쳐 다시 동방의 우리나라에 수입된 과정을 생각하면 재미있지요.

첫 수록작인 〈왕포는 어떻게 구원되었나〉는 한나라 시대의 가난한 떠돌이 노老화가 왕포와 그 제자인 링의 이야기입니다. 사물의 아름다움과 추함을 화폭에 담는 데에 인생을 바치는 화가 왕포는 세속의 이득을 탐하지 않고 그저 물감과 화선지만 있으면 만족하는 사람입니다. 제자 링을 거느리고 이 길 저 길 떠도는 동안 왕포의 명성은 점점 높아져가고, 사람들은 그의 신비로운 붓질에 경탄하거나 더러는 그를 두려워합니다. 그러던 어느 날, 황제의 병사들이 나타나 왕포와 링을 황궁으로 잡아들입니다.

갓 스무 살이 된 아름다운 황제는 비취 바닥에 무릎 꿇려진 왕포를 내려다보며 그의 죄에 대해 이야기합니다. 황제는 어려서부터 부왕이 수집한 왕포의 그림으로 가득한 방 안에서 고립되어 자랐다고 합니다. 부왕은 그가 세속의 더러운 기운에 오염되지 않고 순수하게 자랄 수 있도록, 가장 아름다운 그림과 고독 안에서 그를 키운 것이었지요. 어린 황제는 왕포의 그림을 보며 세상이 꼭 그런 모양일 것이리라고 상상했습니다.

> "그대는 짐에게 믿게 했지. 바다는 그대 화폭 위에 펼쳐진 거대한 수면과 닮았다고, 너무 파래서 거기 떨어지는 돌멩이는 청옥으로 변해 버릴 수밖에 없다고. 그리고 여인들은 마치 꽃처럼 피었다 닫힌다고, 바람에 살랑이며 그대 정원의 오솔길에서 산책하는 피조물과 닮았다고. 그리고 국경 요새를 지키는 날렵한 젊은 병사들은 그 자체로 사람의 심장을 꿰뚫을 수 있는 화살과도 같다고."

그러나 열여섯 살이 되어 궁궐 밖으로 나온 황제는 세상이 결코 그처럼 아름답지 않다는 것을 깨달았습니다. "세상은 정신 나간 화가가 무 위에 흩뿌린, 끊임없이 우리의 눈물로 지워지는 혼란스런 얼룩 더미에 불과한 것"이었음을. 녹지 않는 눈으로 덮인 산, 시들지 않는 수

선화 들판을 다스리게 되리라고 믿으며 자랐던 황제는 크나큰 배신감을 느끼고, 자신이 소유한 것을 혐오하고 자신이 소유하지 못할 것을 욕망하게 되었다고 고백합니다. 그래서 이런 고통을 느끼게 한 왕포에게 벌을 주어야겠다며, 그가 다시는 그림을 그리지도, 풍경을 보지도 못하게끔 두 눈을 지지고 두 손을 잘라버리겠다고 선고합니다.

이쯤에서 한 가지 질문을 하고 싶어요. 당신은 가장 강력한 힘을 부리는 사람과 가장 아름다운 것을 만드는 사람 중 어느 쪽이 되고 싶은가요?

당신은 언젠가 "부자가 되는 것과 천재가 되는 것, 둘 중 하나를 고르라면 어느 쪽을 고를 것인가" 하고 내게 물은 적이 있죠. 반면 내가 늘 생각하는 딜레마는 오래전부터 이것이었던 것 같아요. 황제처럼 말 한마디로 누군가의 목숨을 앗아갈 수 있으나 영원히 자신이 욕망하는 것은 얻을 수 없는 권력자가 되는 것과, 황제를 필생의 고통에 빠지게 할 만큼 아름다운 그림을 그려낼 줄 알지만 내 몸 하나 건사하기 어려운 화가가 되는 것….

왜냐하면, 조금 촌스럽다고 생각하실지 모르겠지만, 나는 부와 권력은 결국 진정한 예술과는 양립할 수 없다고 믿는 편이거든요. 예술가들이 무조건 가난 속에서 예술혼을 불태워야 한다고 주장하는 것은 아니에요. 누구나 고흐처럼 살 필요는 없고, 예술가에게 복지는 절실하죠. 하지만 본질적으로 이 세계는 부의 축적을 목표로 돌아가는 거대한 톱니바퀴 같은 곳인데, 아름다움이란 그 톱니바퀴에서 하염없이 미끄러질 수밖에 없는 성질이고, 그 아름다움의 조각을 붙잡으려고 동분서주하는 예술가들은 사회의 톱니바퀴를 굴리는 데 일조하기보다는 끊임없이 허황된 짓만 하고 돌아다니는 사람들로 여겨지니까요.

어려서부터 나는 가난한 예술가가 된다는 건 끔찍한 일이라고 생각했습니다. 나는 돈과 권력이 가져다주는 안락함을 너무 좋아하는 성향이 있어서, 왕포처럼 "그림을 좁쌀죽 한 그릇과 바꾸었을 뿐 동전 몇 푼에는 개의치 않는" 소박한 사람이 결코 못 되거든요. 게다가 가난한 예술가라는 것은 술만 마시고 무가치한 쓰레기들만 만들며 아내와 자식을 고생시키고 친구들에게 빚을 지고 갚지 않는 무책임한 가장을 상기시켰어요. 그래서 막연히 유명하고 성공한 예술가가 되어야겠다고 생각했던 것 같습니다. 그런데 살다 보니 그것이 정말이지

쉽지 않은 것 같더라고요. 이 사회에서 돈을 번다는 건 만만치 않은 일이고, 더욱이 돈을 많이 벌려면 24시간 돈 버는 생각만 하는 사람들과 경쟁해야 하는데, 그러다 보면 아름다움은 뒷전으로 미뤄놓고 예술가가 아닌 사기꾼이 되어야 하기 십상이니까요.

애초에 아름다움을 팔지 않으면 어떤가? 예술을 포기하고 정직하게 돈을 추구하면 되지 않나? 그러기에는 나는 또 아름다움을 너무 좋아하고, 속물적인 것에 대한 뿌리 깊은 경멸감을 갖고 있는 것 같아요. 〈왕포는 어떻게 구원되었나〉의 황제처럼, 나는 영원히 내가 가질 수 없는 아름다운 것을 꿈꾸며 내가 가진 것을 혐오하며 살아가게 되겠죠. 반포 자이 아파트에서 야경을 내려다보며 와인 한 잔과 고독을 음미하는 이미지는 이제 누구나 살아보고 싶은 삶을 표현하는 일종의 밈이 되었지만, 내게 그 이미지는 진정으로 공포스럽게 느껴져요. 가질 수 없는 에로스를 끊임없이 추구하며 살아가는 인생은 행복할 수 있지만, 모든 것을 가져도 진정으로 원하는 것은 가질 수 없음을 깨닫는 삶이란 지옥이나 다름없는걸요.

미시마 유키오의 《금각사》에서 화자는 친구 가시와기와 함께 **고고노 쓰보네**(다카쿠라 천황의 사랑을 받던 궁녀)

의 무덤을 참배하러 가는데, 커다란 단풍나무와 썩은 매화 고목 사이에 끼인 자그마한 석탑 같은 무덤을 보면서 가시와기는 이렇게 말합니다.

> "우아한 무덤이란 초라한 거로군, 정치적 권력이나 금력은 멋진 무덤을 남기지. 당당한 무덤을 말이야. 그자들은 생전에 전혀 상상력이 없었으니까, 무덤도 자연히 상상력의 여지가 없는 자가 세우게 되지. 하지만 우아한 쪽은, 자타의 상상력에만 의지하며 살았으니까, 무덤도 이런, 상상력을 동원할 수밖에 없는 게 남게 되지. 이쪽이 나는 비참하다고 생각해. 사후에도 계속해서 남의 상상력에 의존해야만 하니까."

가시와기는 특유의 시니컬한 어조로 우아미를 비참하다고 조롱하고 있지만, 권력자들의 상상력 없음도 똑같이 조롱하고 있는 셈입니다. 이렇게 두 가지 모두 조롱하면서 뒤로 비켜서서 팔짱 끼고 있는 것은 쉬운 일이죠. 비겁한 일이기도 하고요.

나는 두 가지 모두 포기할 수 없는 평범하고도 용감한 사람이라서, 왕포가 되고도 싶고 황제가 되고도 싶은

사람이라서, 둘 사이에서 좌충우돌하며 지금도 작품 활
동을 하고 있습니다. 때로는 내가 만든 것이 상상력이 부
족하고 속물적인 가짜로 느껴지고, 때로는 내가 쓴 글이
타인의 평가와 세속적 인정에 의존하지 않을 수 없다는
점에서 비참하게 느껴지기도 하지만, 그럼에도 끝내 어
느 한쪽만 선택할 수는 없는 것 같아요.

결국 왕포는 어떻게 되는지 아세요? 황제는 왕포에
게 죽기 전에 마지막으로 젊은 시절의 미완성 그림을 완
성하라고 명령합니다. 왕포는 그 그림에 푸르른 바다와
나룻배 한 척을 그려넣습니다. 그러자 그 바다가 한없이
넓어지더니 황제의 방까지 바닷물이 차오르고, 배는 점
점 더 가까이 다가와 왕포를 실어갑니다. 왕포는 그렇게
배를 타고 그림 속 수평선 너머로 사라집니다.

진정한 예술이나 진정한 사랑 같은 것이 비웃음을
사기 쉬운 요즘, 당신과 이렇게 마주앉아 예술과 사랑에
대해 이야기할 수 있어서 행운이라고 생각합니다. *Amil*

# 개를 데리고 다니는 여인

안톤 체호프

장 콕토는 〈산비둘기〉라는 짧은
시에서 이렇게 말했지요.

두 마리 산비둘기가
다정한 마음으로
서로 사랑하였습니다

그 나머지는
말씀드릴 수 없어요

그러고 보면 사람들은 늘 사랑에

156

대해 말하지만, 두 개인이 정말로 어떻게 사랑했는지는 언제나 "말씀드릴 수 없는" 밀담의 영역에 있는 것 같아요. 사실 그걸 다른 사람들에게 도대체 어떻게 설명하겠어요? 우리 사이에는 우리만 아는 수많은 농담과, 우리만 읽을 수 없는 침묵과, 우리만 알 수 있는 우리 삶의 진실들과, 우리만 이해하는 서로의 여림과 웃김과 허울과 귀여움이, 또 그것에 대해 서로만 느낄 수 있는 애틋함이 시간과 공간을 가로지르며 촘촘한 얼개를 이루고 있어요. 사랑은 지극히 사적인 문제예요. 그리고 중대한 문제이기도 하고요. 그런데 사적인 것과 중대한 것은 때로 충돌하는 것 같아요.

〈개를 데리고 다니는 여인〉(안지영 옮김, 펭귄클래식)에서 체호프는 두 인물의 불륜을 통해 이 충돌을 표현합니다. 주인공 구로프는 얄타에서 휴가를 보내다가 마주친, 하얀 스피츠 한 마리를 데리고 다니는 귀부인을 유혹해 불륜을 나누게 됩니다. 자식 셋을 둔 유부남인 구로프는 아내와의 관계에 만족하지 못하고 이 여자 저 여자를 만났다 헤어지기를 반복해온 바람둥이로서, 이 개를 데리고 다니는 여인, 안나 세르게예브나 역시 짧게 스쳐가는 인연일 것이라고 생각합니다. 하지만 얄타에서의 휴가가 끝나고 모스크바로 돌아와 도회지의 일상을 시작한 다음에도 구로프는 안나 세르게예브나의 기억을 잊기는 커녕 점점 더 안나를 그리워하는 자신을 발견합니다. "이 세상에 그녀보다 더 가깝고 소중하고 중요한 사람은 없다는 것"을, "이 평범한 여자가 그의 삶 전체를 채우는 슬픔이자 기쁨이요, 그가 원하는 유일한 행복"이라는 것을 깨달은 것이죠. 안나 세르게예브나도 그를 잊지 못하기는 마찬가지였고요. 결국 두 사람은 모스크바에서 밀회를 나누며, 공적인 삶과 사적인 삶 사이를 오가는 이중생활을 시작합니다. 구로프는 이 이중생활에 대해 이렇게 감회를 밝힙니다.

> 상황이 기이하게, 어쩌면 우연히 흐르다 보니 그가 중요하고 흥미롭고 꼭 필요하다고 생각하는 것, 스스로를 속이지 않으며 진실할 수 있는 것, 삶의 핵심인 것은 다른 사람 몰래 이루어졌고, 진실을 숨기기 위해 숨어들었던 거짓이자 껍질, 예를 들어, 은행에서의 업무, 클럽에서의 논쟁, 예의 그 '저급한 종족' 이야기, 아내와 함께 지인들의 기념일에 참석하는 일 등은 모두에게 명백했다. 그는 자기 기준으로 남들을 판단했기에 보이는 것을 믿지 않

았고, 모두들 마치 밤 같은 비밀의 덮개 아래 흘러가는 진짜 인생, 가장 흥미로운 인생을 숨기고 있을 거라고 생각했다. 모든 사람의 개인적인 삶은 비밀스레 유지되고 있고, 부분적으로는 그 때문에 문화적인 인간은 사적인 비밀을 지키는 일에 그토록 예민하게 구는지도 모른다.

구로프와 안나 세르게예브나의 연애는 제도권에서 인정받을 수 없는 사랑이라는 점에서 극단적인 경우라고 할 수도 있겠지만, 가장 평범한 사람들의 연애에도 늘 이런 요소가 있는 것 같아요. "스스로를 속이지 않으며 진실할 수 있는 것", 삶의 진정한 핵심은 다름 아닌 당신과 나의 사랑에 깃들어 있는 듯한데, 다른 사람들에게 내보일 수 있는 삶의 대부분은 그런 '진정한 핵심'과는 무관한 온갖 거짓과 껍질, 직장 업무와 무의미한 논쟁과 사회적 허례허식으로 이루어지니까요. 때로는 이 괴리가 인간의 삶에 온갖 불행을 불러일으키는 것 같습니다. 이 두 가지를 합칠 수는 없는 걸까요? 구로프와 안나 세르게예브나는 그 방법을 진지하게 고민합니다. 우연찮게도 두 사람 역시 스스로를 새에 비유하는데요("그들은 서로 다른 새장에 갇혀 살게 된 두 마리의 암수 철새 같았다"). 이들 두 마리 새가 서로 다른 새장에 갇힌 시간조차도 "다정한 마음으로 서로 사랑하였"다는 것을, 그리고 그 "나머지"까지도 전부 만인에게 말할 수 있게 된다면 어떻게 될까요? 이 근본적인 괴리를 통합할 수 있다면, 인생은 어떻게 달라질까요?

그나저나, 〈개를 데리고 다니는 여인〉에서 개의 이름은 한 번도 나오지 않는다는 것을 아세요?

연인 사이에 개가 끼어 있으면 개는 언제나 자기 의사와 무관하게 큐피드 역할을 하지요. 구로프 역시 안나 세르게예브나를 식당에서 처음 만났을 때 안나가 데리고 있던 스피츠를 자기 쪽으로 불러들임으로써 화젯거리를 만들어냅니다. "(이 녀석에게) 뼈를 줘도 됩니까?"라는 질문과 함께 둘 사이의 대화가 시작되죠. (이 얼마나 정석적인지!) 그런데 그렇게 사랑의 전령으로 강아지를 이용한 것이 무색하게도, 얄타에서 작별했던 안나 세르게예브나를 만나기 위해 그의 집까지 찾아간 구로프는 스피츠의 이름을 기억하지 못합니다. "구로프는 개를 부르고 싶었지만 갑자기 심장이 뛰어 흥분한 나머지 이름을 기억해 낼 수 없었다." (이봐요, 개 이름을 잊어버리면 어떡해요!)

이 사건은 구로프와 안나 세르게예브나와의 관계에서 예견된 멀고도 험난한 길에 대한 상징 같다는 생각이 들어요. 개 이름이 도대체 무엇인지, 녀석이 무슨 간식을 좋아하는지, 잠버릇은 어떤지, 가족 중 누구를 가장 좋아하는지, 두 연인의 관계를 상징하는 역할을 벗어났을 때 녀석은 독자적으로 어떤 행동을 하는지… 그런 것들이 우리에게 알려질 수 있다면, 두 연인의 "나머지"도 세상에 알려질 수 있으리라는 뜻이 아닐까요. 구로프와 안나 세르게예브나는 이제야 비로소 "가장 복잡하고 어려운 것", 즉 두 가지 삶 사이의 통합을 꾀하는 일을 막 시작했고, 그것이 과연 구체적으로 어떻게 통합될 수 있는가 하는 문제는 독자의 몫으로 남아 있어요. 개의 이름과 개의 모든 것이 그렇듯이.

그런데 이 문제가 본격적으로 다뤄지는 소설도 있어요. 연인 사이의 큐피드 노릇을 하는 개의 이름과 개의 모든 것이 등장하는 소설. 래드클리프 홀의 《고독의 우물》에 나오는 토니라는 이름의 하얀 웨스트 하일랜드 테리어가 바로 그 개인데요.

다음 편지에서는 그 이야기를 해볼까 해요. *Amil*

# 고독의 우물

래드클리프 홀

래드클리프 홀이 1928년 발표한 소설 《고독의 우물》은 당대 영국을 뒤흔든 파격적인 레즈비언 소설이었습니다. 사실 오늘날의 시각으로 볼 때는 이 소설을 '레즈비언' 소설이라고 해야 할지 혹은 그보다 더 넓은 스펙트럼의 퀴어 소설이라고 해야 할지 모호한 구석이 있습니다. 소설의 주인공인 스티븐 고든을 부치 여성으로 볼 수도 있지만, FTM 트랜스젠더로 볼 수도 있거든요. 하지만 어쨌든 당대의 인식에서 이 작품은 여성간의 성애를 가감없이 묘사한 것이 '비정상적'이고 '외설적'이라는 이유로 법정에 올라 20년 동안 출판 금지 처분을 받기도 했습니다.

《고독의 우물》은 19세기 말 영국 시골에서부터, 제 1차 세계대전 격전지를 거쳐, 가장 전위적인 예술가들이 모이는 파리 사교계를 배경으로 아우르며, 상류층 여성 작가 스티븐 고든의 연애 편력과 삶과 예술에 대한 일대기를 펼쳐나갑니다. 굉장히 스케일이 큰 소설이지만, 오늘 당신에게 들려줄 이야기는 스티븐이 고향에서 겪은 짧고도 격렬한 첫사랑에 대한 이야기예요.

스티븐이라는 남자 이름을 받고 소년처럼 자라난 그는 어려서부터 자신이 남과 다르다는 것을 예민하게 인식하고, 남자가 아닌 여자에게 성적으로 끌리는 자기 자신을 일찌감치 발견합니다. 그런 스티븐이 처음으로 사랑에 빠진 상대는 안젤라 크로스비라는 이름의 유부녀였습니다. 철물 산업에 종사하다 은퇴한 졸부의 아내인 안젤라는 불행한 결혼 생활을 하고 있고, 낙이라고는 토니라는 이름의 강아지밖에 없는 여자입니다. 그래요, 안젤라도 '개를 데리고 다니는 여인'이랍니다.

스티븐과 처음 만난 자리에서 안젤라는 "잘 단장했

지만 성질 사납고 흥분한, 몹시 작고 눈처럼 흰 웨스트
하일랜드 테리어" 토니를 데리고 있었습니다. 이번에도
개는 두 사람을 이어주는 큐피드 노릇을 합니다. 토니는
커다란 덩치의 에어데일종 개와 싸움이 붙어서 거의 물
어뜯겨 죽을 위기에 몰리는데, 그 광경을 본 스티븐이
토니를 구해주면서 안젤라와 인사를 트게 되거든요. 토
니를 수의사에게 맡겨 치료를 받게 한 뒤 안젤라는 스티
븐에게 거듭 고맙다고 인사합니다. "그 짐승이 토니를
죽였더라면 난 어떡해야 했을까요? 토니가 없다면 어떻
게 해야 할지 모르겠어요. 토니는 너무나 헌신적으고 귀
엽고 사랑스러운 녀석이에요. 난 요즘 정말로 얘한테 완
전히 의지해서 살아요. 혼자 산책하는 건 우울한 일이거
든요."

그러자 스티븐은 생각합니다. "토니뿐 아니라 저랑
함께 산책을 하시는 것은 어때요?"라고 말하고 싶다고.
하지만 안젤라의 눈을 본 순간 어쩐지 마음이 어지러워
져서 스티븐은 끝내 말을 꺼내지 못합니다.

간질간질한 첫 만남이죠?

사실 토니는 안젤라와 닮은 점이 많은 강아지랍니
다. 우선 생김새부터가 그렇죠. 토니가 새하얀 빛깔이듯,

안젤라도 "피부가 지나치게 희어서 (…) 색깔과 그다지 친하지 않은 것 같다"고 생각될 정도이고, "큰 입은 붉은 색이라기보다 오히려 창백한 산호색을 띠고" 있습니다. 또한 토니는 "말썽거리를 찾아다니는 것" 같은 성품으로 자기보다 덩치가 두 배는 더 큰 개에게 시비를 걸 정도인데, 안젤라도 말썽거리를 불러오는 성향인 것은 마찬가지입니다.

그녀는 한가롭고 지루했으며 권태로웠다. 그렇다고 온통 착한 심성으로 무장한 것도 아니었기에 그녀의 생각은 과도하게 스티븐에게 머물렀다. 물론 그것은 호기심에서 비롯된 것이었다.

토니가 몸을 뻗으면서 애처롭게 낑낑거렸다. 안젤라는 토니에게 키스를 해준 다음 자리에 앉아서 짤막한 편지를 썼다.

"모레 점심 식사를 하러 오세요. 정원에 관해서 조언도 좀 해주시고요." 그녀는 내키는 대로 정원에 관해 한두 마디 쓴 다음 이렇게 끝을 맺었다. "토니가 '제발 와 주세요, 스티븐.'하고 부탁하는군요."

그래요, 안젤라는 신사복을 입고 다니고 남자처럼 행동하고 펜싱을 하는 별난 귀족 아가씨 스티븐에게 '호기심'을 느낍니다. 그 호기심 자체에는 악의가 없을 수도 있겠지만, 비퀴어가 퀴어에게 느끼는 호기심은 때로는 굉장히 위험할 수 있지요. 안젤라는 스티븐과 자신 사이에 성적 긴장이 있다는 것을 의식적으로든 무의식적으로든 알면서도 그를 집으로 초대합니다. 순전히 자신의 권태로운 생활을 달래줄 '말썽거리'를 찾기 위해서, 토니를 큐피드로 적극적으로 이용하면서 말이지요.

유감스럽게도 그들의 관계는 이후로도 이런 식으로 전개됩니다. 스티븐은 안젤라에게 애틋한 끌림을 느끼고, 근본 없는 여배우 출신이라고 이웃 사람들의 입방아에 오르는 안젤라를 변호하고 싶어하고, 끝내는 "안젤라 크로스비를 위해서라면 수천 번도 더 목숨을 내놓을 수도" 있을 만큼 그를 사랑하게 되지만, 안젤라는 세간이 인정하지 않는 스티븐과의 일탈적 관계를 위해 자신의 결혼 생활을 포기할 의사가 처음부터 없었던 여자였습니다. 안젤라는 자신을 닦달하고, 성질을 부리거나 혐오스러운 말을 쏟아내고, 토니를 "망할 놈의 개"라고 부르며 옆구리를 걷어차려고 하는 남편을 미워하지만, 토니를 지극정성으로 돌봐주고 늘 산책을 시켜주고 자신을 위해서라면 무엇이든 하겠다고 나서는 스티븐을 선택할 용기는 없었습니다.

스티븐은 무정한 연인의 변덕에 괴로워하지만, 무엇보다도 그를 괴롭게 하는 것은 다름 아닌 자기 자신이었습니다. 스티븐은 안젤라에게 남편을 떠나 자신과 함께 달아나자고 거듭 설득하지만, "나랑 결혼해줄 수 있어, 스티븐?"이라는 질문 앞에서 말문이 막혀 무너지고 맙니다. 당대의—그리고 지금도—혼인 제도는 스티븐과 안젤라가 결혼하게 허락하지 않습니다. 즉 스티븐은 사랑하는 사람을 제도의 힘으로 보호할 수도, 사랑의 명예를 지킬 수도 없다는 뜻이었습니다.

스티븐은 귀족 가문에서 태어나 좋은 교육을 받으며 자란 견실한 청년으로서 안젤라를 지극히 사랑하기에, 그 사랑을 '비정상적이고 외설적인' 무언가가 아니라 신성하고 고결한 것으로 여기며, 안젤라를 순수하고 완전무결하게 간직하고 싶어합니다. 그런데 신성한 것, 고

추천 ♬ — 〈위로가 돼요〉, 핫펠트
혹시 말랑자두 좋아해요? 키우는 강아지 이름이 뭐예요?
보통 몇 시쯤 자요?

결한 것, 순수하고 완전무결한 것은 누가, 어떻게 정하는 것일까요? 교회? 사회 제도? 정상가족? 사람들의 인정? …안젤라와 스티븐의 관계는 그 모든 것에서 벗어나 있었습니다. 스티븐이 안젤라에게 남편을 떠나라고, 신에게 축복받고 사회에서 인준받은 결혼생활의 축복을 버리고 자신에게 오라고 말하면 말할수록, 그는 안젤라를 결국 불결하고 위험천만한 타락으로 이끄는 셈밖에 되지 않았습니다.

여기서 체호프의 〈개를 데리고 다니는 여인〉과 홀의 《고독의 우물》은 돌이킬 수 없이 구분됩니다. 〈개를 데리고 다니는 여인〉에서 구로프에게 제도권이란, 삶의 진정한 핵심으로서의 사랑과는 괴리된, 혐오스럽고 떨쳐내고만 싶은데 도저히 그럴 수 없는 불필요한 것들로 이루어진 허울에 지나지 않습니다. 하지만 《고독의 우물》의 스티븐에게 제도권은 사랑을 지키기 위해 필요한 모든 것입니다. 스티븐에게 있어서도 사랑은 삶의 진정한 핵심이지만, 제도권의 인준이 없으면 그것은 삶의 풍랑 틈바구니에서 부표처럼 둥둥 떠다닐 뿐입니다. 스티븐은 구로프와 달리 불필요한 허울을 떨치고 싶어할 권리마저 누릴 수 없습니다. 그 허울이 스티븐을 먼저 떨쳐

냈고, 나아가 그의 사랑을 배격하고 더럽히고 있으니, 그는 그 허울을 미워하면서도 다시 손에 넣고 싶어 하릴없이 몸부림칠 뿐이지요.

오늘날 한국 사회는 20세기 초 영국처럼 사랑을 종교적 의미로 신성시하는 분위기가 아니지요. 또한 우리 대부분은 스티븐 같은 상류층이 아니니만큼, 성소수자라는 이유로 타고난 귀족적 특권과 명예를 상실해야 하는 그의 아픔에 공감하기 어려운 부분이 있기도 합니다. 하지만 이곳에도 정상가족의 신화는 여전히 공고하고, 제도권을 누구보다 미워하면서도 그것의 인준을 받기를 원할 수밖에 없는 고통스러운 양가감정은 지금 이곳의 성소수자들에게도 비슷할 것 같습니다. 불확실하고 위험스러운 삶의 풍랑 속에서 당신과 우리의 사랑을 지키기 위해 무엇을 할 수 있는가, 무엇을 해야 하는가 하는 문제도요.

스티븐은 결국 안젤라와 토니를 다시 만날 수 없게 됩니다. 가끔 잠 못 드는 밤이면 스티븐은 토니를, 안젤라와 꼭 닮은 그 하얀 개를 생각했을까요?

하지만 나는 당신과 오래오래 함께하고 싶어요. *Amil*

# 이사벨라, 또는 바질 화분

존 키츠

　　　　　　　최근 출간된 내 소설집 《로드킬》
의 북토크 준비를 하다가, 어째서 내
소설 속 여성 인물들에게 해피엔딩이
드문가에 대한 질문을 받고 고민을
했습니다. 사실 이 문제는 《로드킬》을
엮으며 내 소설들을 전체적으로 돌아
보면서 스스로 느낀 의문이기도 했습
니다. 예외도 있긴 하지만, 내 소설 속
여자들은 으레 곤경에 빠지고, 그 곤
경에서 헤어나오지 못하고 헤매거나
결국 죽는 것으로 끝나곤 합니다. 내

가 독자라면 아쉬울 것 같다는 생각이 불현듯 (이제야!) 들더군요. 이 가엾은 여자들을 좀 행복하게 해줄 수도 있을 텐데, 어째서 나는 그럴 수 없었던 걸까?

이쯤에서 내가 유난히 좋아하는 이야기 하나를 떠올리지 않을 수 없습니다. 바로 존 키츠의 시 〈이사벨라, 또는 바질 화분〉인데요.

시는 옛날 피렌체를 배경으로 펼쳐집니다. 주인공인 이사벨라는 어느 상인 집안의 딸로서, 지체 높고 부유한 귀족 가문의 남자에게 시집을 가야 하는 처지입니다. 그러나 그의 마음을 사로잡은 남자는 따로 있었으니, 바로 집안의 종업원인 로렌초였습니다. 이사벨라의 오빠들은 천한 종업원인 로렌초 따위가 동생의 마음을 빼앗은 것을 못마땅하게 여기고, 그를 먼 도시로 심부름을 보낸 뒤 죽여서 들에 파묻어버립니다.

로렌초가 돌아오기만을 기다리던 이사벨라는 어느 날 꿈에서 로렌초의 유령을 만납니다. 로렌초는 자신이 살해당했다는 사실과 함께, 자신의 시신이 어디에 묻혀 있는지를 알려줍니다. 이사벨라는 그곳으로 찾아가 땅을 파내서 마침내 시신을 발견합니다. 하지만 시신을 옮길 힘이 없었던 그가 선택한 방법은, 머리만 잘라서 집으로 가져오는 것이었습니다.

　이사벨라는 사랑하는 연인의 머리를 화분에 넣고 흙을 덮어 숨긴 뒤, 거기에 바질 씨앗을 뿌립니다. 그리고 매일같이 자신의 눈물로 흙을 적십니다…. 이사벨라의 눈물을 머금은 바질은 향기롭게 무럭무럭 자라나고, 이사벨라는 낮이고 밤이고 화분에 정성을 기울이며 애지중지합니다.

　좀 섬뜩한 이야기지요? 연인의 잘린 머리를 화분에 넣고 기르는 여자라니. 이건 네 번째 사랑 편지의 주제였던 다프네 이야기가 전도된 판본 같기도 해요. 그리스 신화 속 다프네는 한 남성의 구애를 견디다 못해 차라리 식물(월계수)이 되기를 택하지요. 반면 이사벨라는 한 남자를 사랑하다 못해 그 남자의 시체를 식물(바질)로 변하게 만든 셈이네요.

　나는 이 이야기에 중세적인 의미에서의 급진성이 담겨 있다고 봐요. 이것이 만약 신화였다면 이사벨라는 신에게 기도해서 연인을 무언가 다른 생물로 다시 태어나게 했겠죠. 아니면 죽은 연인과 함께 저승으로 건너가 저 하늘의 별자리가 되었거나요—이것이 신화적인 해피엔딩의 전형이지요. 하지만 그렇게 신에게 의지하거나,

천국에서의 해피엔딩을 추구하는 것은 이사벨라의 방식이 아니었어요. 그렇게 하기에 그는 지나치게 현실적이고 자기주도적인 여자였으니까요. 그래서 이사벨라는 자기 손으로 직접 연인의 머리를 자르고 씨를 뿌려 식물로 만들어버린 것이지요.

게다가 이 이야기에는 마치 햄릿의 아버지처럼 음산한 얼굴로 복수를 암시적으로 종용하는 유령이 등장하는데, 가부장적 사회에서 물리적으로나 정신적으로나 억압당하는 처지였던 이사벨라는 복수를 할 힘이 없었어요. 시신을 온전히 가지고 올 수 있는 힘조차 없었던 그가 할 수 있는 일은 시신의 머리만 챙기는 것이었지요. 시신의 머리를 간직한다는 것은 어떻게 보면 기괴하고 엽기적으로 보일 수 있지만, 이사벨라의 입장에서는 당연한 선택이었어요. 억압적인 결혼 제도로 자신을 옭아매고, 그것을 따르지 않는다는 이유로 살인을 저지르는 오빠들과 함께 살아야 하는 세상에서, 로렌초를 지극히 사랑했던 이사벨라가 더 이상 무엇을 어떻게 할 수 있었겠어요?

그러니까 이사벨라가 한 선택은 신과의 연결이 끊긴 시대에 취할 수 있는, 지극히 리얼리즘적인 선택인데,

그것이 발현되는 방식—바질이 이사벨라의 눈물을 머금고 자라나는 것은 한편으로는 지극히 환상적이지요. 이 현실과 환상이 접합되는 지점을 나는 무척 좋아하는 것 같아요. 이사벨라가 자신의 소망과 고통과 그리움을 처리하는 방식은 현실의 한계에 갇혀 있지만, 그의 인간적 감정들이 얼마나 폭발적이고 생생한 힘을 가지고 있는지는 그의 눈물로 한 식물을 키워내는 비현실적인 생명력으로 보여주는 것이요.

이 이야기의 끝에서 이사벨라의 오빠들은 바질 화분을 없애버리고, 이사벨라는 결국 죽음을 맞이합니다. 이승에서의 삶을 지탱해주었던 화분이 없어지니 이사벨라는 더 이상 살아 있을 수 없게 되는 것이지요. 이사벨라는 살로메가 요한을 사랑했듯이 오로지 로렌초만을, 정확히는 로렌초의 머리를 원합니다. 그는 타협적인 행복을 원하지 않고, 저승에서의 행복이라는 기만적인 약속도 원하지 않습니다. 그런 결연한 여자들에게 주어지는 결말이 광기와 죽음뿐인 것이 우리의 현실이라면, 우리는 이 현실을 도대체 어떻게 해야 할까요?

그런 여자들이 우리에게 남긴 것이 바질 화분이라면, 우리는 그 화분이 그들을 병들게 한 원인이라고 탓하며 없애버리는 게 좋을까요, 아니면 끝까지 키워내는 것이 좋을까요?

　나는 아마도 당신에게 이런 질문을 하고 싶었던 것 같습니다. *Amil*

## 달과 6펜스

심규선

　　'달과 6펜스'라고 하니까 서머싯 몸의 소설을 떠올리셨겠지만, 오늘은 심규선의《Light & Shade Chapter. 2》에 수록된 동명의 노래에 대해 이야기하고 싶었어요. (그리고, 음, 나는 서머싯 몸의 그 소설은 별로 안 좋아해요.)

　　〈달과 6펜스〉는 이별에 대한 노래입니다. 이미 변심해버린 연인을 가슴에 안고서 떠나지 말라고 속절없이 애원하는 노래죠. 달처럼 얼굴을 바꾸는 무책임한 그대 앞에서, 나는 바다처럼 출렁거리며 눈물을 쏟아내지만 바뀌는 것은 없습니다. 그럼에도 불구하고 화자는 너무나 처연하게 말합니다.

> 내게 상처 주게 허락할 테니
> 다시 걸어보게 해줘 사랑에
> 난 이미 손쓸 수 없게 돼버렸지만
> 멋대로 그대를 원하고 있네
> 내가 선택할 수 있는 게 아냐
> 난 이미 사랑에 빠져버렸지만

멋대로 당신을 원하는 마음을 아나요? 내가 상처받든, 행복해지든, 나락에 떨어지든 상관없이 당신을, 오로지 당신만을 원하는 마음을?

그러고 보면 사랑이란 정말 놀라워요. 다른 욕망들은 나의 쾌락을 위해 봉사하잖아요. 보통 내가 무언가를 하고 싶다고 하면 내가 그것으로 쾌감을 느낀다는 뜻이니까요. 내가 즐거우니까 하고 싶은 거예요. 아니면 기분이 좋아진다거나, 만족이나 휴식을 얻을 수 있다거나… 뭐가 됐든 내게 긍정적인 영향을 미치리라고 기대되는 것, 그런 것들을 우리는 욕망하곤 해요.

그런데 사랑은 그렇지 않아요. 사랑은 나 자신의 안위를 추구하는 자연스러운 본능을 얼마든지 배반하는 힘을 갖고 있어요. 때때로 나는 내가 비참해질 걸 알면서도 당신을 원해요. 내가 불안정해지는 걸 감수하면서 당신을 원해요. 내 세계가 무너지더라도 당신을 원해요. 당신을, 당신을 원해요…. 그 욕망은 너무나 선명하고 강력해서, 다른 작은 욕구들을 집어삼키고, 당장 눈앞에 펼쳐진 현실마저 왜곡하고, 내 발길과 표정과 혀를 멋대로 움직이곤 하죠. 꿈틀거리는 괴물 하나가 내 안에 들어앉아 있는 것처럼. 그래요, 그 괴물의 존재를 깨달을 때 나는 사랑이 내가 '선택'할 수 있는 게 아님을 알게 돼요. 삶의 모든 것을 내 선택으로, 나의 자유의지로 꾸려간다 하더라도 당신을 원하는 마음만큼은 내 의지대로 되지 않는 것.

그렇게 생각하곤 하지만, 가끔 나는 또 정반대의 생각을 합니다.

사실 삶에서 내 의지로 하는 일이 얼마나 있나요?

인간의 자유의지라는 것은 때론 얼마나 허울 좋은 말인지요. 우리는 많은 일을 의무감 때문에 하죠. 먹고 살기 위해 하기도 하고, 남보다 뒤처지지 않기 위해 하기도 하고, 미련 때문에 하기도 하고, 도파민의 쾌감 때문에 하기도 하고, 한 순간의 충동 때문에 하기도 하고, 아쉽지만 어쩔 수 없는 현실에 타협하기도 하고…. 이런 수많은 선택을 돌이켜보면 이중에서 정말로 나의 욕망에 충실했다고 말할 수 있는 선택이 과연 얼마나 있었는지, 아니 도대체 나의 욕망이라는 것이 정확히 무엇이었는지조차 알 수 없어지곤 해요.

그런데 사랑이란 정말 놀라워요. 사랑의 욕망은 그토록 선명하기 때문에 나는 그것을 모를래야 모를 수 없고, 그 욕망을 오롯이 추구하기를 선택할 수 있잖아요. 이를테면 나는 내가 거절당하면 비참해질 걸 알면서도 당신에게 사랑을 고백할 수 있어요. 나는 내가 불안정해지는 걸 감수하면서도 당신에게 내 마음을 보여줄 수 있어요. 내 세계가 무너질 위험이 있다 하더라도 당신에게 내 세계를 맡길 수 있어요. "내게 상처 주게 허락할 테니, 다시 사랑에 걸어보게 해"달라고 요구하기까지 할 수 있어요. 왜냐하면 그것이 나의 욕망이기 때문에, 도저히 외면할 수 없고 부인할 수 없는 나의 욕망이기 때문에, 나의 의지로 그 욕망을 저버리지 않기로 선택하는 것이죠.

〈달과 6펜스〉가 감동적인 것은 사랑의 이런 양가성

을 절묘하게 포착하기 때문인 것 같아요. 이별의 순간 앞에서 손쓸 수 없도록 망가져버린 나, 모든 것을 잃은 듯한 황폐함 한가운데에 떨어져버린 나, 그런 내가 휘두르는 하나의 선명한 자유의지—당신을 향한 사랑.

그래요, 당신을 원하는 마음은 내가 선택할 수 없기에, 나는 그 마음을 온 힘을 다해 당신에게 내던지기로 선택했습니다.

그것이 나의 사랑입니다. *Amil*

달빛에 비친 유리창도
이렇게 반짝이지는 않지 너의 눈물 맺힌 눈
검은 하늘에 아플 만큼
간절한 빛을 내던 별빛도 함께 맞던 아침도

너를 안고 있어도 넌 여기 없고
그을음과 타고난 재만 있잖아
아무래도 좋을 결말 따위

내게 상처 주게 허락할 테니
다시 걸어보게 해줘 사랑에
난 이미 손쓸 수 없게 돼버렸지만
멋대로 그대를 원하고 있네
내가 선택할 수 있는 게 아냐
난 이미 사랑에 빠져버렸지만

아무리 가시 돋친 말도
그렇게 날카롭지는 않지 너의 침묵 텅 빈 눈
메마른 나무 가지 같은
너를 끌어안고 서서 쏟아내고 있는 눈물도

뿌리치듯 날 밀어내 네게 다가갈 수 없는데
나는 출렁이며 차올라 네게 넘쳐버리게
아아 무책임한 그대는 매일 얼굴을 바꾸네
내게서 도망치지 말아줘

나의 세계는 너로 세워지고 무너진다
모른 척하고 있잖아
아무래도 좋을 결말 따위

내게 상처 주게 허락할 테니
다시 걸어보게 해줘 사랑에
난 이미 손쓸 수 없게 돼버렸지만
멋대로 그대를 원하고 있네
내가 선택할 수 있는 게 아냐
난 이미 사랑에 빠져버렸지만

나는 자꾸만 더 야위고 깊어만 지네
날카로운 달빛에
달빛에 비친 유리창도

심규선, 〈달과 6펜스〉

## 수수께끼와 데이지

허수경, 태연

이별에 대한 이야기를 해볼까요?
이별은 이상한 일인 것 같아요.
만약 내가 당신과 이별한다고 가정해
봐요. (가정만 해보자고요.) 그러면 나는
당신을 내 삶에서 없애기만 하는 것
이 아닐 거예요. 당신과 함께해온 나
의 시간, 당신과 함께하기로 했던 나
의 미래, 당신과 함께했던 나의 감정,
그 모든 것을 나 자신에게서 분리하
는 것이지요. 그러니까 내가 당신과
이별한다면 나는 나의 일부와 결별하

는 셈일 거예요. 만약 당신이 나를 배신한다면 당신 자신을 배신하는 셈일 거예요. 만약 내가 당신을 잊는다면 나는 나 자신의 일부를 잊는 셈일 거예요.

어떻게 사람이 자기 자신을 잃을 수가 있는 걸까요? 살면서 경험하는 수많은 것이 내게 흘러들어와 나를 구성하고 내 부피를 키워가는데, 어째서 타인은 나를 떠나면서 나를 덩어리째로 베어내 가져갈 수 있는 걸까요?

게다가 이별하면서 우리는 '우리'를 잃기도 해요. 당신과 나의 결합이라는 의미로서의 우리가 아니라, 그 자체로 독자적으로 존재하는 '우리'라는 유기체 말이에요. 우리가 함께함으로써만 생겨나고 유지될 수 있었던 수많은 의례, 습관, 서사, 목표 들이 있어요. 이별한다는 건 그 모든 것을 포기함을 뜻해요. 그래서인지 허수경은 시집 《빌어먹을, 차가운 심장》에 수록된 〈수수께끼〉에서 이별을 이렇게 표현합니다. "나는 그 후로 우리 가운데 하나를 다시 만나지 못했네". '당신'을 만나지 못하게 된 것이 아니라, '우리 가운데 하나'를 만나지 못했다고요.

그러나 당신은 '우리 가운데 하나'가 아닌 채로도 여전히 존재하지요. 나 자신의 일부로서가 아닌, 처음부터 알 수 없었고 앞으로도 영영 알 수 없을, 완벽한 타인으로서의 당신이. 아니, 사실 완벽한 타인으로서의 당신은 우리가 이별하기 전에도 이미 존재했었죠. 그래서 나는 당신이라는 사람이 얼마나 큰 수수께끼였는지 이별하고 나서야 깨닫게 될 거예요.

> 수수께끼였어,
> 당신이라는 수수께끼, 그 살 밑에서 얼마나 오랫동안 잊혀진 대륙들은
> 횟빛 산맥을 어린 안개처럼 안고 잠을 잤을까?
>
> _ 허수경, 〈수수께끼〉 부분

나는 〈수수께끼〉를 태연의 〈What Do I Call You〉와 나란히 놓고 싶어요. 〈수수께끼〉가 두 번 다시 만날 수 없는 당신이라는 수수께끼를 이야기한다면, 〈What Do I Call You〉는 수수께끼가 되어버린 당신과 다시 조우하는 상황을 노래하고 있어요. 세상에, 이별이라는 것 자체도 이미 이상한 일인데, 이별한 사람과 다시 만난다는 건 얼마나 이상한 일인가요? 이 노래에서 화자는 처음부터 분명히 선언하듯이 상대방을 'stranger(낯선 타인)'라고 규정해요.

Hello 넌 stranger

남은 건 별로 없어

Memories, memories, memories

안녕이라 했는데

왜 넌 내 옆에 있어

그대로 그대로 그대로


어색했던 공기에

웃음이 났어 왜

너무 가까웠던

내 것이었던 My honey, my daisy


What do I call you? 남이잖아

별일 없던 척 말을 거나

그렇게 꼭 껴안았는데 (Um)

So what do I call you now? (Ah)


What do I call you? 이럴 때엔

이름이 역시 무난할까

내 연인이었던 My honey, my daisy, my only

So what do I call you now?

_ 태연, 〈What Do I Call You〉에서

　　이 노래의 가사는 너무나 드라마의 한 장면 같아서 눈앞에 선명하게 그려져요. 헤어진 애인과 다시 만난 나. 어색한 분위기, 싱겁게 공기 중에 흩어지는 웃음, 애틋하고 씁쓸한 침묵, 허전하게 맴도는 손가락…. 당신과 만나면 꼭 끌어안던 습관이 밴 몸은 당신을 예전처럼 안고 싶어하지만, 이제는 그럴 수 없고 그래서도 안 되는 사이지요. 이미 안녕이라고 해버린 당신은 이제 더 이상 나의 일부도 아니고, '우리 가운데 하나'도 아니니까요. 눈앞에 나타난 당신의 실재는 한때 당신이 내 것이었던 시절을 상기시키지만, 동시에 그 시절이 이미 돌이킬 수 없이 끝나버렸다는 것을 더욱 뼈저리게 실감시키기도 해요.

　　이런 쓸쓸함을 실감하게 될 거였으면 차라리 만나지 말걸 그랬다는 후회. 그 모든 것에도 불구하고 어쩌면 다시 당신과 잘해볼 수 있을지 모른다는 실낱같은 기대감. 그 기대감에 배신당하고 싶지 않은 자기방어에서 비롯된 실없는 농담들…. 하지만 분명한 것은 당신과 헤어지고도 내가 나의 인생을 살아가듯, 당신은 당신의 인생을 살아가고 있다는 것이죠. 당신이 그사이에 변해버린 만큼이나 나도 걷잡을 수 없이 빠른 속도로 변해가고 있고요. 그렇게 남남이 되어버린 당신을 이제부터 무엇이라고 불러야 할까요? 아, 정말이지 우리가 서로를 부르는 애칭은 얼마나 많았던가요? 나의 허니, 나의 데이지, 나의 온리….

내가 이 노래에서 좋아하는 부분은 태연의 담담한 목소리예요. 태연은 그다지 슬프지 않고 섭섭지도 않다는 듯, 자못 시큰둥하기까지 한 어조로 노래를 불러요. 나 자신의 살덩어리를 떼어놓은 것 같았던 이별의 격렬한 아픔은 지나가고, 수수께끼 같은 그 사람을 마주하며 조용히 쓴웃음을 지을 수 있는 상태인 것처럼. 하지만 그렇기 때문에 이 노래는 오히려 더욱 쓸쓸하게 느껴집니다.

나의 편지도 바야흐로 한 통을 남겨놓고 있습니다. 6개월 동안 일주일에 한 번씩 당신에게 편지를 쓰던 것을 멈추고 나면, 나는 내 일부를 조금 잃어버린 느낌이 들 것 같아요. 어쩌면 당신도 그럴까요?

나의 데이지, 나의 햇살, 나의 사랑. *Amil*

# 가장 큰 행복

조해진

처음 당신에게 편지를 쓰기 시작했을 때가 기억납니다. 그때 나는 김행숙의 〈공진화co-evolution하는 연인들〉을 소개했었지요. 그 시는 사랑의 시작에 대한 이야기이기도 하지만, 끝에 대한 이야기이기도 해요. 아니, 정확히는 사랑의 끝없음에 대한 이야기. "모른 척하기로 했던 것을/ 정말 모르게 되었을 때/ 영원한 수수께끼처럼/ 사랑은 자꾸자꾸 답을 내놓지, 너를 사랑해/ 그리고 너를 미워해도 이야기는 계속된다"고. 아, 정말 그래요. 내가 당신을 미워해도 이야기는 계속될 거예요.

사랑을 하다 보면 사랑이 정확히 언제부터 시작되었는지 기억나지 않는 것 같아요. 그렇지 않나요? 돌이켜 보면 모든 것이 전조였던 것 같고, 당신을 처음 본 순간부터 나도 모르는 사이에 당신을 사랑하고 있었던 것만 같고, 당신을 만나기 이전의 사건들은 당신과의 만남을 위해 예비되어 있었던 것처럼 느껴지죠. 사랑의 특징은 일단 시작하고 나면 시작이 보이지 않는다는 거예요. 그런데, 사랑의 끝도 마찬가지인 것 같아요. 사랑을 하고 있을 때는 사랑의 끝이 보이기도 하지만, 막상 정말로 사랑이 끝나고 나면 그 끝이 보이지 않아요.

큐큐퀴어단편선3 《언니밖에 없네》에 수록된 조해진의 〈가장 큰 행복〉은 기후위기와 그에 이은 대재앙으로 인류가 멸망해가는 세상에서 사랑을 나누는 연인에 대한 이야기입니다. 대대적인 식량난과 바이러스의 공격이 지구를 휩쓰는 시대, 공항에서 정비사와 검색요원으로 일하던 두 남자는 수많은 해고 노동자의 대열에 합류했다가 서로 사랑에 빠지고, 이후 이천의 빈집에 자리를 잡고 텃밭을 가꾸며 먹고살려 애씁니다. 그들은 식량과 물자 부족, 끔찍한 폭염과 홍수, 원인을 알 수 없는 질병에 시달리면서도 어떻게든 서로를 지키려 노력하면서 15년의 세월을 보냅니다. 그렇게 함께하던 둘의 나날에 끝이 다가온 것은, 화자의 연인의 딸이 혈액암에 걸렸다는 소식 때문이었습니다. '그'는 죽을 병에 걸린 딸의 곁을 지켜주기 위해 화자와의 동거를 끝내고 아내와 딸이 사는 곳으로 떠나기로 합니다. "이런 세상이 되고 보니 하루라도 떳떳하게 행복해지고 싶었다"는 이유로 아내와 딸 대신 연인과의 삶을 선택했던 '그'였지만, 지난 15년 동안 '그'가 딸을 얼마나 그리워했는지 잘 아는 화자는 '그'를 붙잡을 생각조차 하지 않습니다. 그래서 두 남자는 물물교환 장터에서 구해온 귀한 먹거리로 마지막 파티를 즐기기로 합니다.

"나는 이제 어떻게 살아? 이 망할 세상에 나만 혼자 남겨두고 떠나버리면 그만이라는 거야? 나는 어떻게 돼도 상관없는 거냐고? 어?"라고 따지고 싶은 마음, 울며 원망하고 싶은 마음…. 그 모든 것을 참고 화자는 그에게 말합니다.


…행복했다고, 함께하는 동안 하루도 빠짐없이 행복했다

고 대구했다. 그가 웃었다. 아니, 거의 웃는 듯했다. 나는 그가 어떤 감정 상태로 우는 듯 웃는 건지 이해할 수 있었다. 웃고 싶고 울고 싶은 마음이 한데 섞일 수도 있는 거니까. 하나의 마음으로만 한 사람을 겪지는 않을 테니.

"나도…."

그가 그렇게 대답한 순간, 충분하다고, 충분한 이별이라고 나는 생각했다.

이 소설에서 이야기하는 사랑에는 역설적이고도 아름다운 지점이 있습니다. 세상이 끝나갈 때도 사랑은 시작될 수 있고, 인류가 멸망하는 동안에도 연인의 일상은 계속될 수 있다는 것. 나아가 이별 이후에도 사랑은 계속될 수 있다는 것. 화자는 연인을 떠나보낸 후, 그와 다시 만날 수도 있는 미래의 어느 날을 상상합니다.

잘 지냈느냐고, 잘 지냈다고, 아프지는 않냐고, 정말 아픈 데가 없는 거냐고, 부쩍 늙어버린 우리는 서로의 얼굴을 매만지며 그렇게 안부를 나눈다. 한 사람이 웃으면 다른 한 사람도 웃고, 웃던 그 사람이 문득 울먹이면 남은 사람도 함께 울먹이는 그런 날….

거리에 어둠이 내리고 있었다. 순간 마음이 조급해져 나는 잰걸음으로 시계탑 앞으로 걸어갔다. 시계탑의 실루엣은 희미해져 있었지만 시침과 분침은 아주 느리게나마 움직이는 중이었다. 뜻밖에도, 시계는 멈추지 않았다. 거리는 완벽하게 암전되지 않았고 지워지지도 않았다. 파티는 끝났지만 대신 또 다른 파티가 시작된 것이다, 이별 후에도 사랑은 가능할 테니까.

사랑은 시간을 뛰어넘는 힘을 가지고 있는 것 같아요. 우리가 정말로 헤어졌다고, 이제는 정말 끝이라고, 두 번 다시 만날 수 없을 거라고 생각한 뒤에도 사랑은 끝나지 않으니까요. 당신에 대한 생각들—당신과 함께 했던 날들의 기억, 당신과 함께하지 않았던 날들에 대한 회한, 당신과 다시 함께할지도 모를 날들에 대한 상상을 나는 멈추지 않을 거예요. 그렇게 멈추지 않으면서 나는 살아갈 테고, 그런 것을 우리는 삶이라 부를 거예요.

언젠가 여덟 번째 편지에서 나는 편지 쓰기라는 것이 인간이 할 수 있는 기적에 가까운 일이라고 말한 적이 있죠. 말로 하는 대화는 우리 모두 깨어 있을 때만 할 수 있지만, 편지는 당신이 잠든 동안에도 쓸 수 있고 당신이 깨어난 뒤에 전달될 수 있다고요. 나는 이제 편지 쓰기를 멈추겠지만, 당신은 내가 그동안 보낸 편지를 얼마든지 다시 읽으며 내 이야기를 몇 번이고 들을 수 있을 거예요. 또 언젠가 당신은 어느 날 갑자기 내가 쓴 새로운 편지를 받아보고 깜짝 놀랄 수도 있을 거예요. 당신과 나 사이에는 언제나 시차가 있을 테고, 사랑은 언제나 그 시차를 뛰어넘을 거예요.

안녕, 나는 당신이 그리울 거예요.

언제나 그랬듯이. *Amil*

헤어질 결심

박찬욱

안녕, 오랜만이에요.

연재를 종료한 뒤, 감사하게도 '사랑, 편지'를 책으로 펴낼 기회를 얻었습니다. 그래서 당신에게 더 많은 편지를 쓸 수 있게 되었어요. 지난번 편지에서 "어느 날 갑자기 내가 쓴 새로운 편지를 받아보고 깜짝 놀랄 수도 있을 거예요"라고 적었을 때만 해도 이런 일이 생길 거라고는 상상하지 못했는데 말예요.

하지만 물론 당신은 놀라지 않았

겠죠. 이 편지는 편지가 아닌 한 권의 책으로 전해질 테니까요. 당신은 우편함에 날아든 뜻밖의 소식을 발견한 것이 아니라, 온라인 또는 오프라인 서점에서 특정한 예상과 기대를 갖고 이 책을 집어들었겠죠. 지난번 편지와 이번 편지 사이가 나에게는 약 1년의 공백이지만, 당신에게는 페이지를 넘기는 10초 정도의 짧은 간극이었을지도 몰라요. 그동안 네 번의 계절을 겪으며 나도, 당신에 대한 나의 사랑도 변했어요. 하지만 당신은 어쩌면 두 시간 전부터 나를 사랑하기 시작했을까요? 지금 이 편지가 당신에게 닿기까지는 얼마만큼의 시간이 걸릴까요? 편집과 인쇄와 배본에 소요되는 몇 달? 아니면 몇 년간 서고를 떠돌다 마침내 당신의 손에 들어가게 될까요? 그때 나는 어디에서 무엇을 하고 있을까요? 여전히 당신을 사랑하고 있을까요?

네, 나는 또다시 시차에 대해 이야기하고 있어요.

〈헤어질 결심〉은 무엇보다도 시차에 대한 이야기입니다. "날 사랑한다고 말하는 순간 당신의 사랑이 끝났고 당신의 사랑이 끝나는 순간 내 사랑이 시작됐죠." 이 영화의 수많은 명대사 중 하나인데, 작품을 요약하는 문장이라고도 할 수 있을 것 같아요. (다음 단락부터 〈헤어질 결심)의 내용 일부가 이어집니다.)

　　극중에서 형사 해준은 살인 용의자 서래를 수사하다가 서래를 사랑하게 됩니다. 그는 결백을 연기하는 서래에게 속아 그가 무고하다고 결론 내리지만, 뒤늦게 서래가 범인이었음을 알게 되죠. 수사는 이미 종결되었고 사건 자료도 서래에 의해 파괴된 뒤에야 말입니다. 해준은 자신이 "여자에 미쳐서" 수사를 돌이킬 수 없이 망쳤다는 사실에 충격을 받을 뿐만 아니라, 서래가 자신을 사랑하는 척 접근해 이용했으리라는 심증을 얻고 망연자실합니다. 그때 서래에 대한 해준의 사랑은 끝이 납니다.

　　그러나 해준에 대한 서래의 사랑은 그때 비로소 시작되지요. 해준은 직업적 자부심에 삶을 내걸었던 자신이 서래 때문에 "붕괴되었다"고 고백하고 떠납니다. 서래는 스스로의 세계를 산산조각낼 만큼 자신을 사랑해 준 남자가 얼마나 특별한 존재인지 깨닫지만, 너무 늦었지요. 해준은 더 이상 서래의 곁에 있어주지 않습니다.

　　만약 이것이 이야기의 끝이었다면 〈헤어질 결심〉은 평범한 영화였을 거예요. 그러나 영화는 한 번의 시차를 더 만듭니다.

　　유부남인 해준이 살인범 서래와 불륜을 저지르고

그를 풀어주었다는 사실을 서래의 새 남편이 알게 됩니다. 그가 그것을 폭로하겠다며 해준을 협박하려 하자, 서래는 무슨 수를 써서라도 막아야겠다고 작정하지요. 자신이 사랑하는 남자가 그토록 소중하게 생각하는 직업적 명예가 만천하에 망가지는 것을 두고 볼 수는 없으니까요. 그래서 서래는 또 한 번 살인을 저질러 남편의 입을 영원히 막아버립니다.

다시금 서래를 수사 대상에 올린 해준은 결국 진실을 알아냅니다. 하지만 이번에도 너무 늦었어요. 서래는 깊은 바다에 몸을 던진 뒤였거든요.

서래가 해준을 지키겠다는 목적을 완수하려면 그럴 수밖에 없었겠지요. 자신이 경찰에 붙잡히면 범행 동기가 밝혀질 테고, 그러면 해준이 저지른 과오와 그것으로 인해 또 한 사람이 죽었다는 사실마저 밝혀지고 말 테니까요. 서래는 자기 자신이라는 결정적인 증거를 인멸한 셈입니다.

이타적이지요? 실로 그렇습니다. 사랑하는 사람을 위해 목숨을 던진다는 것. 하지만 서래의 선택은 이타적이기만 한 것이 아니었어요. 모순되게도, 지극히 이기적인 선택이기도 했습니다. 그도 그럴 것이, 서래는 다음과 같은 의미심장한 대사를 남겼거든요.

> "해준 씨의 미결 사건이 되고 싶었나 봐요. 벽에 내 사진
> 붙여놓고, 잠도 못 자고 오로지 내 생각만 해요."

서래가 해준을 지켜주기 위해 사람을 죽인 다음 스스로 목숨을 끊는다면, 그리고 그것을 해준이 알게 된다면, 해준이 결코 행복하지 않으리라는 것을 서래는 아주 잘 알았습니다. 해준은 평생을 회한에 빠져 살겠지요. 그는 완전히 실패했으니까요. 사건의 범인을 알아내고도, 그자를 잡아 재판에 넘겨 정의를 구현한다는 자신의 소명을 실천하는 데에 영영 실패했어요. 게다가 사랑했던 여자의 목숨을 지키는 데에도 실패했지요. 해준을 구해주려고 살인까지 저지른 여자에게 해준은 아무것도 해주지 못했어요. 해결하지 못한 사건들의 그림자에 짓눌려 불면의 밤을 보내던 해준은 이제 서래의 기억에 사로잡혀 잠을 이루지 못할 거예요. 죽을 때까지 서래를 잊지 못하고, 그리워하고, 후회하고, 원망하고, 사랑할 거예요.

서래는 그것까지도 예상하고, 아니 정확히 바로 그 결과를 위해서 목숨을 끊은 것입니다.

〈헤어질 결심〉을 보고 슬퍼서 눈물 흘린 관객이 많다고 해요. 그런데 나는 그 슬픔이 못내 의아했어요. 어쨌든 주인공 중 하나는 죽었고 하나는 불행해졌으니 슬픈 게 당연하지 않냐고 하면 할 말이 없는데요. 그럼에도 이 영화의 엔딩 크레딧을 본 순간 내가 느낀 감정은 다른 무엇보다도 승리감이었습니다.

서래는 정말 대단한 사람이지 않나요. 사랑하는 사람의 삶을 지켜내 고결한 영웅적 위상에 오르면서도, 그 사람을 불행에 빠뜨리면서까지 영원한 사랑을 손에 넣는다는 자기중심적 욕망도 실현하다니요. 둘 중 하나만 하기도 쉽지 않은데, 하물며 둘 다 해내기란 불가능에 가깝죠. 이것은 서래가 살아서 해준과 결혼해 오순도순 사는 것보다 더 위대하고 자기완결적인 일이라고 생각해요. 서래의 사랑은 죽음이라는 시차를 뛰어넘고야 말았으니까요.

그러나 나는 서래보다 평범한 사람이라서, 당신이 불행해지느니 차라리 행복하기를 바라요. 나에 대한 사랑이 영원할 수 없다 해도. *Amil*

달빛

기 드 모파상

아직 날은 덥지만 바람이 선선해지고 하늘이 높아졌어요. 이른 저녁 공원을 따라 산책하면 저절로 콧노래가 나오는 때예요. 오후에 소풍을 가도 좋고, 아침 달리기를 해도 좋고, 카페에서 햇빛 잘 드는 창가 자리에 앉아 책 읽기에도 좋은 계절이지요. 사랑에 빠지기에도 좋은 계절이고요.

그런데 정말, 날씨와 사랑은 무슨 관련이 있는 걸까요? 매년 이맘때면 트위터에는 "사랑 조심해"라는 경고가 나돌더군요. 이렇게 좋은 날씨에는 두 사람이 나란히 길을 걷기만 해도 서로에게 끌리게 십상이니, 예정에 없던 누군가와 사랑에 빠져서 곤란해지지 않게 조심하란 거지요. (근데, 좀 곤란해지면 뭐 어때서요?)

나는 워낙 자기 의심이 많고 계획적인 인간이라 (내 MBTI는 ENTJ랍니다) 날씨가 좋다는 이유만으로 누군가를 사랑한 적은 없는 것 같지만, 그게 무슨 말인지 이해는 돼요. 날씨가 좋을 때 당신과 데이트를 하면 더 애틋한 기분이 들거든요. 세상이 아름다워 보이고, 그 아름다운 세상을 당신과 함께 누리고 있어서 행복하고, 그 행복이 세상과 괴리감 없이 아주 잘 어울려서, 세상이 우리를 축복해주는 느낌이어서, 당신을 사랑하는 것이 지극히 자연스럽게 느껴지는 것이지요. 때로는 이런 기분이 사랑 자체와 구분되지 않기도 해요. 세상의 아름다움을 사랑하는 것과 당신을 사랑하는 것이 같은 의미 같고, 나아가 세상의 아름다움이 곧 당신 자체 같아서 사랑하지 않을 수 없는 것.

"조심해"라는 경고는 바로 이런 상태를 두고 하는 말인 것 같아요. 우리가 정확히 무엇을 사랑하는 것인지 구분하지 못하면 실수를 하게 되니까요.

기 드 모파상의 〈달빛〉(하창수 옮김, 현대문학)은 이런 실수에 대한 짧은 이야기입니다. 주인공 앙리에트 레토레 부인은 남편과 스위스 여행을 다녀온 뒤 혼자서 파리의 동생 집에 방문하는데, 동생 쥘리는 겨우 스물네 살인 언니의 머리에 새치가 생긴 것을 보고 깜짝 놀라서 무슨 불행한 일이 있었던 거냐고 묻습니다. 그러자 앙리에트는 한참 뜸을 들인 끝에 울음을 터뜨리며 이렇게 고백해요.

"나에게… 나에게 애인이 생겼어."

앙리에트에게 대체 얼마나 큰 번민이 생긴 것인지, 큰 빚을 졌거나 가까운 누군가가 죽기라도 한 것인지 궁금해하던 나는 여기에서 좀 놀랐습니다. 물론 앙리에트는 유부녀이니 애인이 생겼다는 것은 불륜을 저질렀다는 뜻이고, 그 부도덕한 비밀은 흰머리가 생길 정도의 고민거리가 될 수 있겠지요. 하지만 그만큼 짜릿한 희열도 동반하지 않나요? 그러나 앙리에트는 조금도 행복한 기색 없이, "금방이라도 기절할 듯이 파리해"진 얼굴로 마냥 고통스럽게 이야기를 털어놓습니다.

이런 걸 보면 모파상은 사랑을 재난이라고 생각하는가 봐요. 그가 지금 살아 있었다면 트위터에 누구보다 먼저 "사랑 조심해"라고 쓰고 있었을지도 모르겠네요.

아무튼 앙리에트는 자기 실수를 합리화하려는 듯, 평소 남편과의 관계가 얼마나 불만족스러웠는지부터 이야기합니다. 남편은 너무나 분별이 넘치고 합리적인 사람이라서, 여자 마음의 부드러운 떨림을 이해하지 못한다고요. 그래서 자신은 여행 내내 마음이 상했다면서 이런 일화를 들려줍니다. 어느 날 새벽 마차를 타고 언덕을 내려가던 길, 투명한 아침 안개 속에서 긴 계곡, 숲, 강, 마을이 보이자 앙리에트는 황홀한 마음에 손뼉을 치며 "여보, 너무나 아름다운 풍경이에요! 나 좀 안아 줄래요?"라고 말했는데, 남편이 냉정하게도 이렇게 대꾸하더라는 겁니다.

"경치가 마음에 드는 것이 포옹을 할 이유가 되오?"

그래요, 레토레 씨는 날씨가 좋다고 해서 사랑에 빠지는 타입은 아니었던 거지요. (아마도 그의 MBTI는 ISTJ?)

반면 앙리에트는 앞자리는 몰라도 뒷자리는 NFP가 아니었을까 싶어요. 아름다운 풍경을 보면 감동하고, 자신의 감정을 곁에 있는 사람과 나누며 사랑을 확인하고 싶어하는 사람. 이 아름다운 세상에 함께 살아 있다는 것이 얼마나 기쁜 일인지 함께 실감하는 것을 곧 사랑이라고 생각하는 사람. 이런 사람이 어쩌다 레토레 씨 같은 사람과 결혼했을까요. 기질적으로 참 안 맞는 부부일 것 같은데요.

독자로서 나는 앙리에트가 그래서 어떤 애인을 만났을지, 얼마나 격정적인 연애에 빠져들었을지 궁금해하며 읽어나갔어요. 그런데 뜻밖에도 그 이야기는 구체적으로 나오지 않더군요. 앙리에트는 다만 남편이 호텔 방에 있는 동안 혼자 달이 휘영청 뜬 루체른 호숫가를 산책하며 자신이 빠져들었던 생각들에 대해 한참을 설명합니다. 이렇게 아름다운 풍경을 눈앞에 두고도 자신은 평생 단조롭고 음울한 삶을 살아야 하나, 사랑의 감동을 느낄 기회는 영영 없는 걸까 생각하니 너무 서러워서 울음이 터져 나왔다고도요. 그러던 그에게 한 젊은 남자가 다가와 "부인, 우십니까?"라며 말을 걸었고, 앙리에트는 순식간에 환각 같은 사랑에 빠져들었다는 거예요. 하지만 정사는 그게 전부였고, 앙리에트는 다음 날 그곳을 떠났기에 남자를 다시 만나지 못했고 그의 연락처만 갖고 있을 뿐이라나요.

이야기를 다 들은 동생 쥘리는 언니에게 이렇게 말해요.

"언니, 우리는 사람을 사랑한다고 생각하지만 사실

은 사랑을 사랑하는 경우가 자주 있어. 그리고 그날 밤
언니의 진정한 애인은 달빛이었던 것 같아."

    그런데 나는 이 소설을 다 읽고 이렇게 생각했어요.
사람이 아닌 사랑을 사랑하는 것은 진짜 사랑이 아닌 걸
까. 아니, 어쩌면 그것이야말로 사랑의 속성이 아닐까.
달빛이 곧 당신이고, 당신이 곧 달빛이라고 생각하는 것,
그렇게 혼동하는 것이 사랑이 아닐까요. *Amil*

# 팡쓰치의 첫사랑 낙원

린이한

당신의 존엄을 파괴하는 사랑은 사랑일까요?

《팡쓰치의 첫사랑 낙원》은 제목만 보면 달콤하고 행복한 소설일 것 같지만 실상은 전혀 그렇지 않습니다. 열세 살 소녀 팡쓰치가 문학 강사 리궈화에게 5년에 걸쳐 그루밍 성폭력을 당하는 이야기를 담고 있거든요. 리 선생은 친근한 이웃인 척, 믿을 만한 선생인 척, 재능 있는 문학소녀 쓰치에게 작문 개인 교습을 해주겠다는 빌미로 접근해 강간합니다. 한없이 동경하던 문학 선생님이 "이건 선생님이 널 사랑하는 방식이야. 알겠니?"라고 말하는 데에 쓰치는 거역하거나 항의할 생각조차 못 합니다. 하물며 친구들이나 어른들에게 도움을 구하거나 피해를 고발할 생각은 더더욱 못 하죠. 성을 금기시하는 사회 분위기 속에서 쓰치의 부모는 자녀에게 성교육이라는 것이 필요하다는 생각조차 못 하고, 쓰치의 단짝친구는 아내도 딸도 있는 선생님과 불륜을 저지르다니 어떻게 그런 더러운 짓을 할 수 있느냐며 비난할 뿐이니까요. 자기 잘못이 아닌데도 잘못을 저질렀다는 죄의식과 돌이킬 수 없이 더럽혀졌다는 오욕감 속에서 쓰치는 이렇게 결심합니다.

며칠 동안 생각했지만 방법은 하나뿐이다. 선생님을 사랑하는 것. 좋아하는 것으로는 부족하다. 나를 사랑하는 사람이라면 내게 무엇을 하든 상관없지 않을까? 생각을 바꾸면 된다. 선생님을 사랑해야 한다. 안 그러면 내가 너무 고통스러우니까.

리귀화를 이런 방식으로 '사랑'하는 여학생들은 쓰

치 외에도 많습니다. 숨 막히는 입시 경쟁 속에서 소녀들은 리 선생을 우상으로 여기며 그에게 인정받고 그의 눈에 띄고 싶다는 욕망으로 하루하루의 스트레스를 버텨냅니다. 리궈화는 그 심리를 이용해 여학생들을 유인해 강간하고, 그런 다음에는 그들의 죄책감을 이용해 곁에 붙들어놓고 상습적 강간을 지속하지요. 소녀들은 그런 리 선생을 사랑해야 한다고 스스로를 설득합니다. 선생님이 자신을 사랑하고, 자신도 선생님을 사랑한다면, 이건 괜찮은 행위가 된다고. 그래서 선생님을 사랑하기로 마음먹고 제 발로 선생님을 찾아가 자신을 사랑하느냐고 묻습니다. 그러면 리궈화는 대답하지요.

"넌 내 인생에서 제일 사랑하는 사람이야. 가끔은 내 딸보다도 너를 더 사랑하는 것 같은데 딸에게 죄책감도 느껴지지 않아. 이게 다 너 때문이야. 네가 너무 예쁜 탓이야."

그는 이런 말을 한 다음 그 소녀를 버리고, 그다음 소녀에게 똑같은 말을 한 다음 또 버리고, 또 다른 소녀에게 똑같은 말을 하고서 또 버립니다. 끊임없이 새 학년이 시작되고, 그는 새로운 소녀를 입맛대로 선택할 수 있지요. 그는 자신이 저질렀고 저지르고 있고 앞으로도 저지를 강간의 연쇄를 이렇게 표현합니다.

다음번 여학생에게 속삭일 달콤한 말을 지금의 여학생에게 연습했다. 그렇게 연결되는 불멸의 감정이 아름다웠다.

그러면서 당나라 현종이 양귀비의 아름다움을 노래하기 위해 이백을 시켜 지은 〈청평조淸平調〉를 흥얼거립니다. 구름을 보면 미인의 옷차림을 생각하고, 꽃을 보면 미인의 얼굴을 생각하네.

사랑, 아름다움, 문학, 이 모든 것이 그에게는 아동 성폭행의 언어입니다.

《팡쓰치의 첫사랑 낙원》이 특별한 점은, 문학이 어떻게 폭력이 될 수 있는지를 너무나 예리하게 잡아낸다는 데에 있어요. 팡쓰치는 억압적인 현실에서 탈출하는 수단으로 책을 읽었고 문학을 진심으로 사랑했습니다. 그런데 리궈화는 바로 그 문학의 언어를 이용해 팡쓰치의 몸과 마음을 철저히 파괴해요. 누구보다 자신의 영혼을 이해해주고 지탱해주고 설명해주리라 믿었던 것에 송두리째 짓밟히는 게 어떤 기분인지 당신은 아나요? 쓰

치는 선생님이 〈장한가長恨歌, 당나라 때 백거이가 현종과 양귀
비의 사랑에 대해 쓴 장편 서사시〉를 모두 외울 수 있기 때문
에 믿을 만한 사람이라고, 자신의 진정한 본모습을 봐줄
수 있는 사람이라고 생각해서 좋아했어요. 그런데 〈장한
가〉가, 아니 그것으로 대표되는 문학이, 처음부터 양귀비
의 본모습 따위에는 관심이 없었다면? 그 모든 것이 수
많은 양귀비를 유린해온 가해자의 언어였다면?

　　이 소설의 모든 페이지가 고통스럽지만 나는 특히
다음의 단락을 잊을 수가 없습니다.

　　"나랑 잘 때 내가 어떻게 하는 게 제일 좋아요?"
　　그가 짧게 대답했다.
　　"가냘프게 몰아쉬는 숨소리."
　　쓰치는 가슴이 철렁 내려앉았다. 홍루몽에서 임대옥이
　　처음 등장할 때 나오는 구절이었다. 그녀는 울음이 터질
　　듯 물었다.
　　"선생님에게는 홍루몽이 그런 작품이에요?"
　　그가 주저하지 않고 대답했다.
　　"나한테는 홍루몽, 초사, 사기, 장자가 모두 그런 작품이
　　야."

그 순간 둘의 관계에 대한 욕심과 소란, 생멸, 더러움과 깨끗함, 환상과 저주가 모두 분명해졌다.

그런데 결국 이 처절한 고통의 경험을 다름아닌 문학으로 이야기한다는 점에서 《팡쓰치의 첫사랑 낙원》은 더더욱 특별해집니다. 이 탁월한 소설은 홍루몽, 초사, 사기, 장자와 같은 문학사의 대열에 자기 자신을 추가하지요. 사랑이나 아름다움 같은, 가해자가 악용했던 바로 그 언어들을 피해자의 언어로 다시 가져오면서요. 이러한 재전유야말로 문학 그 자체라고 나는 생각했습니다. 문학이 쓰치를 어떻게 저버렸는지에 대한 이야기가 문학으로 우리에게 도착함으로써 우리는 비로소 새로운 문학을 갖게 되는 것입니다. 누구보다 우리의 영혼을 이해해주고 지탱해주고 설명해주리라 믿을 수 있는 바로 그 문학을.

하지만 문학을 재창안하는 것이 이 소설의 목적은 아니에요. 궁극적인 목적은 사랑에 있지요.

《팡쓰치의 첫사랑 낙원》은 저자 린이한이 자신의 실제 경험을 바탕으로 쓴 소설입니다. 린이한은 2017년 책이 출간되고 석 달이 채 못 되어 스스로 목숨을 끊었고, 유족은 린이한을 성폭행한 가해자로 한 유명 강사를 지목했습니다. 대만 사회는 공분으로 들끓었지만 강사는 혐의를 부인했고 결국 증거 불충분으로 불기소처분되었다고 합니다. 소설 속에서 리궈화가 증거가 없어 아무런 처벌도 받지 않았듯, 현실에서도 똑같은 일이 벌어진 것이지요.

린이한은 소설을 쓰면서 너무 고통스러웠다고 고백합니다. 하루 여덟 시간씩 글을 쓰면서 매번 감정의 격랑에 빠졌다고요. 그럼에도 린이한이 글을 계속 써나간 까닭은 우선은 쓰지 않는 것이 더 고통스러웠기 때문이고, 더 나아가 세상의 수많은 쓰치를 구하기 위해서였습니다. "문학은 가장 헛된 수고예요. 우스꽝스럽죠. 이렇게 많이 썼는데도 난 아무도 구하지 못했어요. 심지어 나 자신도 구하지 못했어요."라고 린이한은 자조합니다. 지금 이 순간에도 수없이 많은 곳에서 이런 일이 벌어지고 있다는 것을 알기 때문에. 그러나 실패할 것을 알면서도, 그 굴욕에도 불구하고 작가는 어떻게든 말하려고, 피해를 알리려고, 악인을 고발하려고, 쓰치에게 손을 내밀어주려고, 쓰치의 단절된 삶을 재생시키려고 안간힘을 씁니다.

　쓰치에게, 린이한에게 사랑은 폭력이었습니다. 그러나 린이한은 그 폭력과 맞서 싸우는 사랑을 보여줍니다.

　'천사를 기다리고 있는 소녀'야, 내가 세상에서 제일 상처받길 바라지 않는 사람이 바로 너야. 이 세상에 너보다 더 행복해질 자격이 있는 사람은 없어. 너를 솜사탕 백 개만큼 포근하게 안아줄게.

　_ 린이한,《팡쓰치의 첫사랑 낙원》작가 후기에서

*Amil*

# 남편의 아름다움

앤 카슨

1819년 존 키츠는 영국에 유입된 고대 그리스 도자기 유물을 보고 감명받아 〈그리스 항아리에 부치는 노래〉를 썼습니다. 시는 그리스 항아리에 담긴 아름다움을 찬미하며 다음과 같이 시작합니다.

너 더럽혀지지 않는 고요의 새색시
침묵과 완만한 시간의 수양아기

─ 존 키츠, 〈그리스 항아리에 부치는 노래〉(김우창 옮김)에서

많은 남성 예술가들이 아름다움을 순결하고 정숙한 처녀에 비유합니다. 그들은 미美라는 여성을 뒤쫓고, 말없는 미를 탐구하고, 미에게 헌신하며, 때로는 그러다가 파멸하지요. 키츠는 의사 면허를 취득했기에 실리적인 삶을 살 수 있었음에도 문학에 전념하기 위해 개업을 포기했고 "아름다운 것은 영원한 기쁨"이라 노래하다 스물다섯에 결핵으로 삶을 마감했습니다.

여성으로 상징되는 아름다움, 그것에 굴복해 파멸하는 남성 시인. 익숙한 구도입니다. 여성혐오적인 구도이기도 하죠. 그런데 이 구도의 성별이 반대로 뒤집힌다면 어떨까요?

앤 카슨이 쓴 허구의 에세이 《남편의 아름다움》은 총 스물아홉 장으로 되어 있고, 각 장의 서두에 키츠의 시, 메모, 편지 등의 일부가 발췌되어 제사題詞로 적혀 있습니다. 스물아홉 편의 에세이는 키츠와 같이 아름다움을 맹목적으로 갈망한, 그러나 키츠와 달리 남성이 아니라 여성인 화자의 이야기를 우리에게 들려줍니다. 아름답고도 잔인한 남자와 사랑하고, 결혼하고, 이별한 이야기를요.

《남편의 아름다움》은 내가 평생 읽은 책 중 가장 관

능적인 책 중 한 권으로 꼽힙니다. 카슨은 한 남자의 치명적 매력을 거부하지 못하고, 그로 인해 불행해질 줄 알면서도 불길 속으로 발을 내디디고, 결국 타들어간 과정을 생생하게 묘사합니다. 그 남자는 모든 것에 대해 거짓말을 하고 거리낌없이 외도를 저지르는 파렴치한이지요. 그런데 문제는 그가 너무 아름답다는 겁니다. 그 모든 배신에도 불구하고 그의 아름다움은 훼손되지 않아요. 화자는 그 아름다움 앞에 몇 번이고 굴복합니다.

그 무엇에도 충실하지 못했던
내 남편. 그럼 나는 왜 소녀 시절부터 우편으로 이혼 판결을 받은 늦은 중년의 나이까지
그를 사랑했느냐고?
아름다움 때문이었다. 그건 비밀이랄 것도 없다. 나는 아름다움 때문에 그를 사랑했다고 말하는 것이 부끄럽지 않다.
그가 가까이 온다면
다시 그를 사랑하게 될 것이다. 아름다움은 확신을 준다.
알다시피 아름다움은 섹스를 가능하게 한다.
아름다움은 섹스를 섹스이게 한다.

만약 이걸 이해하는 사람이 있다면—쉿, 넘어가자

나는 이 당당함에 설득되지 않을 수 없었습니다. 아름다움 때문에 그를 사랑했다고 말하는 것이 부끄럽지 않다니. 이렇게 말할 수 있다는 점에서 이 남편은 진짜 '나쁜 남자'는 아닌 것 같아요. 진짜 나쁜 남자들은 사랑을 후회하게 하고, 떳떳함을 수치스럽게 하고, 찬란하던 기억을 빛바래게 하고, 아름다웠던 것을 흉하고 남루한 것으로 전락시키며, 진실했던 것을 거짓으로 훼손하니까요. 하지만 이 남자는 화자를 비참하게 하되 여전히, 한결같이 아름답고, 그 아름다움은 아내에게 '확신'을 줍니다. 키츠의 말에 따르면 "아름다움은 진리이며, 진리는 아름다움"이기 때문입니다.

카슨은 아름다운 남자 때문에 희열에 들뜨고, 비참의 구덩이에 뒹굴고, 증오가 폭발하고, 사랑 자체보다 뜨거운 질투와 한없이 차가운 냉담함과 끊을래야 끊을 수 없는 집착과 부정할 수 없는 쾌락이 오가는 순간을 너무나 정확하게 표현합니다. 마치 탱고처럼, 반복되는 리듬과 반도네온의 정열적인 선율을 타고 흐르는 밀착과 풀려남, 당기는 힘과 밀어붙이는 힘 사이의 긴장으로 가득

한 글이에요(이 에세이의 부제는 '스물아홉 번의 탱고로 쓴 허구의 에세이'입니다.).

　"남편이 내게 정부가 있다고 말하며 수줍으면서도 자랑스럽게 사진 한 장을 내밀던 밤에/ 나는 불의 옷을 입고 하늘에서 뒹구는/ 그런 기분을 느꼈다"와 같은 비유에 나는 살갗이 데인 것 같았어요.

　나쁜 남자에게 빠져드는 딸을 보호하려 하는 어머니와 화자의 관계를 데메테르와 페르세포네에 빗대어 "내 어머니에게선/ 공포의 향기가 났다. / 그리고 내게선/ (나는 식탁에서 어머니 얼굴을 보고 알았다) / 달콤한 씨앗 냄새가"라고 하는 데에서는 금기를 넘어서려는 소녀의 강렬한 쾌락을 맛보았고요.

　그리고 정말이지 다음과 같은 문장은 잊을 수가 없습니다.

　　만일 내가 당신을 죽일 수 있다면 그렇게 할 거야 그리고 당신과 똑같은 사람을 하나 만들어야 하겠지.
　　왜?
　　그 사실을 말해주게.

내가 당신을 죽여버리고 싶을 만큼 증오한다면, 그런데 그 살인을 반드시 당신에게 고백해야 할 만큼 당신을 사랑한다면 당신은 어쩔 건가요?

증오와 사랑 같은, 서로 반대되는 감정이 격렬히 맞부딪히며 도리어 서로를 지탱하는 상태. 관능이라는 것은 바로 이런 상태가 아닌가 싶어요(탱고도 그렇고요). 관능의 이러한 속성을 더 밀어붙이면 결국 생명과 죽음에 다다르게 되는 것 같지 않나요. 섹스에서 발산되는 육체적 에너지, 재생산의 가능성, 그 힘찬 생명력… 그러나 동시에 너무 좋아서 죽을 것도 같고, 상대방을 완전히 먹어치우고도 싶은 기분 말예요.

이쯤에서 내가 좋아하는 여성 시인인 에밀리 디킨슨의 시를 소개하며 편지를 마치겠습니다.

미美를 위해 난 죽었지—허나
무덤에 안장되자마자
진실을 위해 죽은 이가
이웃 무덤에 뉘어졌지—

그이는 소곤소곤 내게 물었지, 왜 죽었느냐고?

221

"미를 위해." 난 대답했지—

"나 역시—진실 때문에—그러나 이 둘은 한 몸

우린 형제로군." 그이는 소리쳤네—


하여 밤길에 만난 동포들처럼—

우린 무덤 사이로 얘기했네—

이끼가 우리 입술에 닿을 때까지—

그리고 우리 이름을 덮어 버릴 때까지—


– 에밀리 디킨슨, 〈미美를 위해 난 죽었지〉(강은교 옮김)

*Amil*

그날 이후

진은영            10월 29일 서울 이태원에서 참
사가 일어나고 47일째가 되는 지난
14일, 비로소 제대로 된 분향소가 설
치되었습니다. 녹사평역 광장에 세워
진 이곳 시민분향소에는 참사 희생자
158명 중에서 유족의 동의를 얻은 희
생자 76명의 사진과 이름, 생년월일
이 담긴 영정이 놓였다고 해요. 나머
지 희생자들은 꽃 사진으로 영정을
대신했고요.

　　　뒤늦게라도 고인들을 추모할 수

있는 공간이 생겨서 다행입니다. 일찍이 정부에서 영정도, 위패도 없는 합동 분향소를 차리고 이른바 '국가애도기간'을 선포한 데에 나는 경악했습니다. 도대체 무엇을 애도하라는 말인가요? 죽은 사람이 누구인지도 모르고, 어떤 삶을 살았는지도 모르고, 어떻게 죽었는지도 모르는데 어떻게 애도를 시작할 수가 있나요? 이것은 애도를 하지 말라고 하는 것보다 더 심한 기만이라고 생각해요. 슬픔을 빙자한 모독이고, 묵념을 빌미로 침묵을 강요하는 폭력이라고요.

얼마 전 진은영의 시집 《나는 오래된 거리처럼 너를 사랑하고》에서 읽은, 잊을 수 없는 한 편의 시가 뇌리에 맴돕니다. 〈그날 이후〉는 세월호 참사로 희생된 단원고 학생 고 유예은과 그 가족에게 헌정된 것으로, 예은의 열일곱 번째 생일인 2014년 10월 15일을 기념해 쓰였다고 해요. "아빠 미안/ 2킬로그램 조금 넘게, 너무 조그맣게 태어나서 미안/ 스무 살도 못 되게, 너무 조금 곁에 머물러서 미안"으로 시작되는 이 시는 예은의 목소리로 부모님, 할머니, 세 자매, 친구들에게 자신의 마음을 들려줍니다. 생전에 전하지 못한 미안함과 고마움, 소중한 이들의 슬픔을 감싸안는 위로, 격려와 당부….

시는 놀라울 만큼 구체적으로, 정말로 예은 자신이 우리 곁에 돌아와 말하고 있는 것처럼 쓰여 있습니다. 이 시를 읽으며 우리는 예은이 학원 갈 때 휴대전화 충전을 깜빡하는 버릇이 있었고, 쌍꺼풀 없는 둥그런 눈매와 고운 목소리를 가졌고, 쌍둥이 언니 하은이 있고, 엄마의 밤길 마중과 분홍색 손거울을 좋아한다는 것을 알 수 있어요. 예은이 가족과 친구들을 얼마나 사랑하는지, 얼마나 씩씩하고 맑은 아이인지도요.

이 시를 읽으며 나는 많이 울었습니다. 고 유예은 학생에 대해 처음으로 알게 된 듯했어요. 그러자 한 사람이 죽었다는 것이, 그 우주 전체가 소멸했다는 것이 비로소 실감되었습니다. 그것이 얼마나 큰 상실인지도요. 이상한 일이지요, 한 사람의 존재가 어느 때보다 생생하게 느껴지는 순간 그 사람의 상실을 온전히 깨달을 수 있다는 것이요. 이 깨달음으로부터 나는 2014년 이후로 지금까지 미처 하지 못했던 애도를 새롭게 시작하는 기분이 들었습니다.

이런 일이 가능했던 것은 시인이 감히 예은을 대신해 예은의 목소리로 말했기 때문이었어요. 어떻게 그럴 수 있었을까요? 나는 이 점이 놀라웠습니다. 죽음은 절대적이고 산 사람이 그 심연을 건널 수는 없다고, 그 불가능성을 존중하는 것이 글쓰는 사람의 윤리라고 생각해왔는데, 〈그날 이후〉는 그 심연을 완전히 넘었던 것입니다. 이 시를 읽은 순간 나는 내가 생각했던 윤리가 일종의 비겁이고 이 시에서 보이는 것이야말로 용기인 것 같다는 느낌이 들었어요.

알고 보니 이 시는 '생일시' 프로젝트의 일환이었더군요. "아이에게 잘 있다는 말 한마디만 들을 수 있으면 숨을 쉴 수 있을 것 같다"고 말하는 부모님들에게 그 메시지를 전달하기 위해, 정신과의사 정혜신과 심리기획가 이명수가 희생자 학생 서른네 명의 시선으로 쓴 시를 시인들에게 청탁했다고요. 시인들은 아이들의 사진과 가족 및 친구들의 회고를 전달받았고, 이 자료들을 토대로 완성된 시들은 아이들의 생일을 기념하는 모임에서 낭송되었다고 해요. 이 생일시들은 《엄마. 나야.》라는 책으로 엮여 나왔습니다.

그 배경을 알고서야 나는 이 시의 힘을 이해할 수 있었어요. 남은 사람들을 위로하고자 하는 선의, 떠난 사람들을 기억하고자 하는 결의, 그 선의와 결의를 뒷받침할 수 있는 진실에 대한 앎. 그 세 가지가 있었기에 시인이 고인의 목소리로 말할 수 있었으리라는 것을요.

롤랑 바르트는 《애도 일기》에서 "우리의 사회가 안고 있는 패악은 그 사회가 슬픔을 인정하지 않는다는 것이다"라고 썼습니다. 정말이지 우리 사회는 누군가를 여의는 데에 서툴고 때로는 파렴치한 것 같아요. 어쩔 수 없이 그 사회의 일부인 나는 2014년 이후로 계속 파렴치한으로 살고 있는 기분입니다. 이런 말을 하는 것마저도 부끄럽지만, 우리가 진실을 토대로 온전히 애도할 수 있는 시간이 오기를 바랍니다.

삼가 고인들의 명복을 빕니다.

*Amil*

아빠 미안
2킬로그램 조금 넘게, 너무 조그맣게 태어나서 미안
스무 살도 못 되게, 너무 조금 곁에 머물러서 미안


엄마 미안
밤에 학원 갈 때 휴대폰 충전 안 해놓고 걱정시켜 미안
이번에 배에서 돌아올 때도 일주일이나 연락 못 해서
미안


할머니, 지나간 세월의 눈물을 합한 것보다 더 많은 눈
물을 흘리게 해서 미안
할머니와 함께 부침개를 부치며
나의 삶이 노릇노릇 따뜻하게 익어가는걸 보여주지 못
해서 미안


아빠 엄마 미안
아빠의 지친 머리 위로 비가 눈물처럼 내리게 해서 미안
아빠, 자꾸만 바람이 서글픈 속삭임으로 불게 해서 미안
엄마, 가을의 모든 빛깔이 어울리는 엄마에게 검은 셔
츠만 입게 해서 미안

엄마 여기에도 아빠의 넓은 등처럼 나를 업어주는 뭉게
구름이 있어
여기에도 친구들이 달아준 리본처럼 구름 사이에 햇빛
이 따듯하게 펄럭이고
여기에도 똑같이 주홍 해가 저물어
엄마 아빠가 기억의 기둥들 사이에 매달아놓은 해먹이
있어
그 해먹에 누워 한숨 자고 나면
여전히 나는 볼이 통통하고, 얌전한 귀 뒤로 긴 머리카
락을 쓸어 넘기는 아이
슬픔의 대가족들 사이에서도 힘을 내는 씩씩한 엄마
아빠의 아이

아빠, 여기에는 친구들도 있어
이렇게 말해주는 국어 선생님도 있어
"쌍꺼풀 없이 고요하게 둥그래지는 눈매가 넌 참 예뻐"
"너는 어쩌면 그리 목소리가 곱니,
생머리가 물 위의 별빛처럼 그리 빛나니"

엄마! 아빠! 벚꽃 지는 벤치에서 내가 친구들과 부르던

노래 기억나?

나는 기타 치는 소년과 노래 부르는 소녀들 사이에 있어

음악을 만지는 것처럼 부드러운 털을 가진 고양이들과 있어

내가 좋아하는 엄마의 밤길 마중과 분홍색 손거울과 함께 있어

거울에 담긴 열일곱 살, 맑은 내 얼굴과 함께, 여기 사이 좋게 있어


아빠, 내가 애들과 노느라 꿈에 자주 못 가도 슬퍼하지 마

아빠, 새벽 세 시에 안 자고 일어나 내 사진 자꾸 보지 마

아빠, 내가 친구들이 더 좋아져도 삐치지 마


엄마, 아빠 삐치면 나 대신 꼭 안아줘

하은 언니, 엄마 슬퍼하면 나 대신 꼭 안아줘

성은아, 언니 슬퍼하면 네가 좋아하는 레모네이드를 타줘

지은아, 성은이가 슬퍼하면 나 대신 노래 불러줘

아빠, 지은이가 슬퍼하면 나 대신 두둥실 업어줘

이모, 엄마 아빠의 지친 어깨를 꼭 감싸줘

친구들아, 우리 가족의 눈물을 닦아줘

나의 쌍둥이, 하은 언니 고마워
나와 손잡고 세상에 나와줘서 정말 고마워
나는 여기서, 언니는 거기서 엄마 아빠 동생들을 지키자
나는 언니가 행복한 시간만큼 똑같이 행복하고
나는 언니가 사랑받는 시간만큼 똑같이 사랑받을 거야
그니까 언니, 알지?

아빠 아빠
나는 슬픔의 큰 홍수 뒤에 뜨는 무지개 같은 아이
하늘에서 제일 멋진 이름을 가진 아이로 만들어줘 고
마워
엄마 엄마
내가 부르고 싶은 노래들 중 가장 맑은 노래
진실을 밝히는 노래를 함께 불러줘 고마워

엄마 아빠, 그날 이후에도 더 많이 사랑해줘 고마워
엄마 아빠, 아프게 사랑해줘 고마워
엄마 아빠, 나를 위해 걷고, 나를 위해 굶고, 나를 위해

외치고 싸우고

나는 세상에서 가장 성실하고 정직한 엄마 아빠로 살려
는 두 사람의 아이 예은이야

나는 그날 이후에도 영원히 사랑 받는 아이, 우리 모두
의 예은이

오늘은 나의 생일이야

진은영, 〈그날 이후〉

# 행복한 왕자

오스카 와일드

태어나서 수 십 번의 크리스마스를 보냈고 산타클로스가 없다는 것쯤은 진작 알았는데, 아직까지도 크리스마스가 다가오면 어김없이 설렌다는 게 신기해요. 당신도 그런가요? 매년 이맘때가 되면 신이 나고, 선물을―나 자신이 주는 선물이라도―기다리게 되고, 괜히 착한 일을 하고 싶어지고, 주위 사람에게 따뜻한 말을 해주고 싶어지고, 세상이 조금은 더 사랑스러워 보이는 거요. 마치 아이로 되돌아가는 것 같은 기분이에요.

당신은 크리스마스 철을 어떻게 보내나요? 어드밴트 캘린더를 열거나, 슈톨렌을 먹거나, 파티를 하거나, 소중한 사람들과 함께 맛있는 것을 먹거나, 공연을 보거나, 성탄 예배를 드리겠지요? 저도 그런 것들을 하지만, 또 한 가지 의례가 있어요. 그건 바로 향신료가 많이 든 따뜻한 차를 마시면서 좋아하는 크리스마스 주제의 소설을 읽는 거예요. 정해진 작품이 몇 가지 있답니다. 운율이 노래처럼 살아 있고 디테일이 크리스마스 만찬 식탁처럼 황홀해서, 되풀이해 읽어도 질리지 않는 작품들이에요. 예컨대 찰스 디킨스의 《크리스마스 캐럴》, 제임스 조이스의 〈죽은 사람들〉, 데이먼 러니언의 〈춤추는 댄의 크리스마스〉… 그리고 오스카 와일드의 〈행복한 왕자〉(김전유경 옮김, 펭귄클래식).

〈행복한 왕자〉는 아마 오스카 와일드가 쓴 소설 중에서 가장 널리 읽힌 작품일 것 같아요. 아이들에게도, 어른들에게도 사랑받는 동화이니까요. 그런데 정작 이 작품이 《행복한 왕자와 다른 이야기들》로 엮여 1888년 처음 출간되었을 당시에는 큰 호응을 받지 못했다고 해요. 이상한 일이지요, 왜 그랬을까요?

눈부신 보석들로 만들어진 조각상 왕자님이 가난한 사람들을 위해 자신의 보석들을 아낌없이 베풀다 남루해지고, 제비 한 마리가 왕자님의 소망을 이루어주려다 추운 겨울을 피하지 못해 죽음을 맞는 이야기. 슬픈 이야기지요, 안데르센의 〈성냥팔이 소녀〉처럼요. 교훈적인 이야기이기도 해요, 디킨스의 《크리스마스 캐럴》처럼요. 하지만 〈행복한 왕자〉에는 그 작품들과 분명히 차별화되는 독특한 지점이 있습니다.

가령 안데르센의 성냥팔이 소녀는 잘못을 저지르지는 않았지만 그렇다고 해서 적극적으로 선행을 베풀지도 않아요. 그래서 소녀의 죽음은 가련할지언정 부당하다는 느낌은 주지 않죠. 그런데 행복한 왕자와 제비는 타인을 위해 자신을 기꺼이 희생하고도 보상을 받기는커녕 비참한 죽음을 맞이해요. 물론 죽은 후 하느님에게 부름받아 천국에 가기는 하지만, 속세에서의 보상은 아니죠.

그런 점에서 〈행복한 왕자〉는 권선징악 이야기라고 할 수 없어요. 《크리스마스 캐럴》의 스크루지 영감은 잘못을 뉘우친 후 자비롭고 행복한 사람으로 거듭나지만, 〈행복한 왕자〉의 악인들— 가난하고 병들고 굶주리고 학대당하는 사람들의 존재를 외면하는 위선적인 정치인과 교수와 교사와 감독관 들—은 끝까지 뉘우치지 않고 벌을 받지도 않습니다. 그들은 행복한 왕자 조각상을 철거하고 잔인하게 내버리고는 그저 잊지요. 와일드는 이 동화를 읽는 어린이들이 무엇을 느끼고 무엇을 배우기를 바랐을까요?

기억해야 할 것은, 〈행복한 왕자〉가 발표되었던 빅토리아 시대의 동화는 대개 아이들을 그 시대의 도덕 규범에 순응하도록 교육하는 기능을 했다는 점입니다. 요컨대 어른들 말을 안 들으면 벌을 받고, 잘 들으면 상을 받는다는 식이었죠. 당대에 가장 대중적인 동화 중 하나였던 로버트 사우디의 〈세 곰 이야기〉만 해도 그래요. 주인공은 뻔뻔스럽고 예의 없는 인물로, 남의 집에 멋대로 들어가 음식을 훔쳐 먹고 가구를 망가뜨렸다가 무시무시한 곰에게 쫓기게 됩니다. "버릇없이 굴면 망태 할아버지가 잡아간다"는 우리 설화의 영국판이라고나 할까요.

그런데 〈행복한 왕자〉는 사뭇 다릅니다. 이 동화에서 악인들이 등장하기는 하지만 이들은 버릇없는, 즉 당대의 도덕 규범을 지키지 않는 인물이 아닙니다. 오히려 도덕 규범을 지나치게 잘 지키고 그것을 대변하기까지

하는 인물이지요. 예컨대 행복한 왕자가 보석을 다 잃고
죽은 후 이들의 대화를 보세요.

"맙소사! 행복한 왕자가 저렇게 초라해 보이다니!" 시장
이 말했다.

"정말로 초라하군요!" 시의원들도 맞장구를 쳤다. 그들
은 조각상을 좀 더 자세히 보려고 기둥으로 올라갔다.

"칼에서 루비가 떨어져 나가고, 눈도 없어졌습니다. 금박
도 다 떨어져 나갔군요. 정말 거지와 다를 바가 없네요!"

"거지와 다를 바가 없습니다." 시의원도 맞장구를 쳤다.

"게다가 발치에는 새도 한 마리 죽어 있군요! 새는 여기
서 죽으면 안 된다는 성명을 발표해야겠습니다." 그러자
서기가 시장의 이 제안을 기록했다.

그래서 그들은 행복한 왕자 조각상을 철거했다.

"행복한 왕자는 더 이상 아름답지도, 쓸모 있지도 않습니
다." 하고 대학에서 예술을 가르치는 교수가 말했다.

그리고 그들은 조각상을 용광로에 녹였다. 시장은 시 자
치위원들과 만나 조각상을 녹인 금속으로 무엇을 할지
의논했다.

"물론 다른 조각상을 세워야지요. 그것은 내 조각상이 될

237

것입니다." 시장이 말했다.

"내 조각상이어야 합니다." 시의원들도 각자 주장했다.

그들은 논쟁을 벌였다. 내가 마지막으로 듣기로 그들은 아직도 논쟁 중이라고 했다.

시장, 시의원, 교수 모두 '훌륭한 어른'이라고 불리는 이들입니다. 이들은 시민이 사용할 공공장소를 쾌적하게 유지하려고 노력하고, 공익을 위한 성명을 발표하고, 논쟁을 벌이고, 문화 현상을 분석하지요. 모두 우리 사회의 가치를 지킨다고 여겨지는 활동입니다. 그런데 와일드는 이런 활동이, 나아가 기존의 사회적 가치라는 것이 얼마나 공허하고 부패해 있는지를 보여줍니다. 생명체의 죽음을 좌지우지하려는 시장의 성명은 얼토당토 않고, 서로 자기 조각상을 세워야 한다고 하염없이 논쟁하는 정치인들의 이기적인 작태는 꼴사나우며, 행복한 왕자의 진정한 가치를 알아보지 못하고 물질적인 겉모습으로만 판단하는 사람들 또한 한심하지요. 이런 모습은 전체적으로 우스꽝스럽고 과장되어 있지만 진실을 담고 있습니다. 우리 사회의 어른들이 과연 이들과 얼마나 다를까요? 물질주의적이고, 사리사욕에 급급하고, 형식적인 절차와 위신에 집착하며, 광장에서 동물이 왜 죽었는지에는 무관심하고 동물의 사체에 눈살을 찌푸리기만 하는 인간중심적인 모습이요.

와일드는 〈행복한 왕자〉를 읽는 아이들에게 저런 어른들의 말을 들으라고 가르치지 않습니다. 오히려 아이들의 편에 서서 어른들을 비판하지요. 와일드는 "너희가 돌이켜 어린 아이들과 같이 되지 아니하면 결단코 천국에 들어가지 못하리라"라고 말한 마태복음의 예수와 같은 입장입니다. 천국에 들어갈 수 있는 사람은 율법을 잘 지키는 어른들이 아니라, 율법을 넘어서서 타인을 사랑할 줄 아는 아이들인 거예요.

오스카 와일드는 실제로 아이들을 무척 사랑하는 사람이었다고 합니다. 그는 시릴과 비비안이라는 두 아들을 둔 아버지이기도 했어요. 비비안이 훗날 자서전에서 회고하기를, 자신은 좋은 아버지 밑에서 행복한 유년 시절을 보냈다고 해요. 아버지는 무슨 요구든 들어주었고, 함께 뒹굴며 놀아주었고, 재미있는 이야기를 끊임없이 들려주었다고요. 그러나 1895년 와일드가 동성과 성관계를 했다는 이유로 징역형을 선고받고 하루아침에 영국 사교계의 스타 작가에서 '불가촉천민 남색가'로 추

락한 이후로 비비안과 시릴은 아버지를 다시 보지 못하
게 됩니다. 영국 사회를 뒤흔든 추문으로부터 아이들을
지키고자 한 어머니와 외가 친척들이 부자간의 만남을
막았거든요. 그때 비비안은 여덟 살, 시릴은 아홉 살이었
습니다.

비비안의 자서전에는 다음과 같은 이야기가 나옵
니다.

모든 좋은 아버지가 그렇듯 우리 아버지도 우리의 영웅
이었다. 그분은 참 훤칠하고 기품 있었으며, 우리의 무비
판적인 눈으로 보기에 정말 잘생긴 분이었다. 그분을 알
지도 못하고 본 적도 없는 사람들이 생각하는 것 같은 괴
물이 전혀 아니었다. 아버지는 우리에게 늘 진정한 친구
가 되어주었고 기꺼이 우리 방에 자주 찾아와 놀아주었
다. 그 시절 부모들은 대부분 지나치게 엄하고 오만한 태
도로 아이들을 대하면서 본인들이 받을 자격도 없는 크
나큰 존경심을 요구했다. 그러나 우리 아버지는 사뭇 달
랐다. 그분은 천성이 아이 같은 면이 있어서 우리가 하는
놀이를 같이 즐겼다. 놀이방 바닥을 네 발로 엎드려 기어
다니면서 사자, 늑대, 말 흉내를 내시기도 했다. 보통은

외양을 한 점 흠 없이 가다듬는 분이었지만 그럴 때만큼
은 매무새가 망가지는 것도 개의치 않았다. 우리와 놀아
줄 때 성의 없는 태도는 조금도 보이지 않았다.

— 비비안 홀랜드, 《오스카 와일드의 아들 Son of Oscar Wilde》에서

와일드는 어린이들에게 연대감을 갖고 있었던 것
으로 보입니다. 그는 레딩 교도소에서 수감하면서 재소
자들이 겪는 참상, 특히 아이들이 당하는 학대의 실상에
큰 충격을 받았습니다. 그는 토끼 밀렵죄로 감옥에 들어
온 세 아이를 석방시키기 위해 애썼고, 〈데일리 크로니
클〉에 어린이에 대한 가혹한 형집행 방식을 통렬히 고발
하는 편지를 투고하기도 했습니다. 이는 그가 출소한 후
처음으로 발표한 글이었어요. 아이들을 어둡고 열악한
독방에 고립시키고, 빈약하고 불결한 식사와 그로 인한
질병과 배고픔에 시달리게 하는 것이 얼마나 끔찍하고
잔인한 일인지 말하며 그는 14세 미만의 어린이는 그 어
떤 이유에서도 옥살이를 해서는 안 된다고 주장합니다.
와일드의 고발은 실제로 영국 여론에 많은 영향을 미쳐
1898년 교도소법이 개정되는 데에 기여했습니다.

어린이를 다루는 현행 방식은 끔찍하기 이를 데 없습니다. 주로 어린이의 독특한 심리에 대한 이해가 전혀 없는 사람들이 그런 일을 자행하지요. 어린이는 부모나 교사와 같은 개인이 주는 벌은 이해하지만, 사회가 내리는 벌은 이해하지 못합니다. 어린이는 도대체 사회가 무엇인지조차 알지 못합니다.

- 오스카 와일드, 《편지들 Letters》 569쪽에서

페터 풍케, 한미희, 《오스카 와일드》에서 재인용

1897년 석방된 후 모든 재산과 명예를 잃은 와일드는 프랑스로 건너가 친구들의 도움에 의존해 생활했습니다. 형편이 어려운 중에도 그는 빅토리아 여왕 대관 60주년 기념일에 즈음해 열다섯 명의 부랑아를 초대해 딸기, 생크림, 살구, 초콜릿, 과자와 석류 시럽으로 잔치를 열었다지요. 이처럼 아이들을 사랑했던 그가 자기 아들들을 보지 못하는 것이 얼마나 슬펐을까요? 실제로 와일드는 아이들을 빼앗긴 것이 어머니의 죽음과 더불어 자기 인생에서 가장 끔찍한 사건이었다고 회고했습니다.

아이들의 입장은 또 어땠을까요. 와일드는 자신과 아이들에게 무슨 일이 벌어졌는지 이해할 수라도 있었

지만, 비비안과 시릴은 그렇지 못했잖아요. 하루아침에 그들은 영문도 모른 채 아버지를 잃었어요. 아버지는 죽었고, 이제부터는 와일드라는 성도 써서는 안 되며, 아버지가 남긴 작품들은 더 이상 중요하지 않고, 아버지에 대한 모든 것을 잊어야 한다고 요구받았죠. 원래 다니던 학교도 그만두고 스위스로 건너가 가정교사와 함께 지내야 했어요. 그러다가 어머니마저 죽고 나서 형제는 영국으로 돌아왔지만 서로 다른 기숙학교에 보내졌습니다. 아이들이 살아왔던 세계 전체가 무너진 셈이에요. 비비안은 이 과정이 너무 괴로워서 눈밭에 드러누워 죽기를 기다린 적도 있다고 해요.

와일드는 가난과 질병에 시달리다 1900년에 사망했는데, 아이들은 아버지의 임종마저 지키지 못했습니다. 그로부터 2년 뒤인 열여섯 살이 되어서야 다른 사람이 쓴 책을 읽고 아버지에게 무슨 일이 일어났는지 알게 된 비비안은 뒤늦은 애도를 시작했습니다. 무슨 일이냐고 묻는 친구들에게 그는 오래전 바다에서 행방불명되었던 아버지의 시신이 태평양에서 발견되었더라는 이야기를 지어냈다고 합니다. 아버지의 동화에 나올 것 같은 슬프고도 환상적인 이야기를요.

나는 이 모든 과정을 생각하면 가슴이 아파요. 영국 사회는 두 아이를 아버지에게서 폭력적으로 떼어놓았고, 심지어 그 이유를 제대로 설명하지도 않았어요. 아니 설명할 수도 없었겠죠. 사람이 같은 성별의 사람을 사랑한다는 이유로 벌을 받는 세상이라니, 그런 세상을 아이들에게 어떻게 이해시킬 수 있을까요? 아이들을 그토록 사랑했던 좋은 아버지가 온 나라 사람들에게 괴물이라고 손가락질당하는 부당한 현실을 어떻게 아이들에게 받아들이라고 할 수 있을까요? 심지어 오늘날까지도 우리는 아이들에게 이 역사를 가르칠 준비가 안 되어 있지 않나요?

〈행복한 왕자〉를 아이들에게 읽히는 어른들 중 많은 이들이 끝내 말하지 않는 것은, 이 동화에 나오는 왕자와 제비의 관계가 동성애의 은유로 보기에 충분하다는 사실입니다. 왕자는 남성이고, 제비의 성별은 명시되지 않지만 수컷으로 추측할 만한 단서들이 있지요. 제비는 왕자의 자기 희생적인 적선을 돕다가 얼어 죽기 직전, 마지막 힘을 쥐어짜내 왕자의 어깨 위로 날아올라 입술에 겨우 입을 맞추고는 숨을 거둡니다. 연인의 죽음에 상심한 왕자는 납으로 된 심장이 깨어져 죽고 말지요. 하느님 외의 그 누구에게도 자신의 사랑을 이해받지 못한 채 쓸쓸하게 죽어간 그들의 처지는 오스카 와일드 자신과도 닮은 것 같습니다. 그들을 둘러싸고 부조리하고 잔인한 설전을 벌이는 기성세대의 모습은 와일드를 추악한 남색가라 비방한 대중과 닮은 것 같고요.

황인찬 시인은 자신의 시 〈무화과 숲〉에서 "밤에는 눈을 감았다/ 사랑해도 혼나지 않는 꿈이었다"라고 노래했는데, 나는 〈행복한 왕자〉를 읽으면 그 시구가 떠오릅니다. 제비와 왕자가 함께 천국에 올라가 행복해지는 결말은 어쩌면 와일드가 꾼, "사랑해도 혼나지 않는 꿈"이었는지도 모르겠습니다. *Amil*

# Ditto

뉴진스

당신은 어떤 학창 시절을 보냈나요? 돌아보면 그립고 애틋한 추억인가요? 그랬으면 좋겠어요. 왜냐하면 내 십 대 시절은 어두웠거든요. 나는 그 시간의 대부분의 슬프고 불행하게 보냈습니다. 절대로, 누가 억만금을 준다고 해도 그때로는 돌아가고 싶지 않아요. 매일 죽고 싶었고, 음식을 먹고 억지로 토했고, 외로움이 뭔지 모르면서 외로웠고, 모든 것이 지긋지긋했고, 분노와 반항심에 차 있었지만 어디로도 도망칠 수 없었고, 그런 자기 자신이 미워서 또 죽고 싶었어요.

하지만 그때 나는 살고 싶기도 했어요. 왜 아니겠어요. 고통스러운 현실에서도 어떻게든 살아남고 싶었죠. 그래서 현실을 받아들일 수 있는 환상을 만들었습니다. 많은 아이들이 그렇듯이요.

얼마 전 발매된 뉴진스의 싱글 〈Ditto〉 뮤직비디오에는 환상을 만드는 소녀가 나옵니다. 주인공 반희수는 영화 감독을 꿈꾸는 학생입니다. 희수는 학교에서 캠코더를 들고 다니면서 다섯 명의 친구들을 찍습니다. 그들의 꾸밈없는 일상을 찍기도 하지만, 무엇보다도 친구들이 추는 춤을 찍어서 뮤직비디오를 만드는 게 희수의 목표예요. 부상당한 한쪽 팔에 깁스를 해서 거동이 불편하지만 그것이 희수의 촬영을 방해하지는 않습니다. 옥상에서, 운동장에서, 강당에서, 교실에서 친구들은 춤을 추고 희수는 그 모습을 카메라에 담습니다. 친구들은 희수에게 더없이 소중한 존재이고 희수가 기록하고 싶은 것은 바로 그 소중함일 거예요. 때로 싸우기도 하고, 서먹해지기도 하지만, 늘 곁에서 함께 웃어주고 희수를 진심으로 격려해주고 서로의 꿈을 응원해주는 친구들을 희수는 사랑해 마지않습니다.

그런데 문제는 그 친구들이 희수의 머릿속 환상이라는 것입니다.

희수의 환상은 너무나 생생합니다. 친구들 하나하나의 이름은 물론, 성격과 외모도, 강점과 약점도, 웃는 표정과 특유의 말버릇과 전화기 너머 목소리까지 알지요. 하지만 마음 한편에서는 그들이 환상이라는 것을 알고 있습니다. 희수가 맞닥뜨리는 어두운 현실에 비해 그들은 너무나 완벽하고 찬란해서 그 괴리가 희수의 가슴을 내려앉게 만듭니다. 친구들은 지극히 사랑스러운 모습으로 곁에 있어주지만 희수가 정말 큰 고통에 처했을 때는 와주지 못합니다. 물론 이유가 있겠지요. 《나의 라임오렌지나무》의 뽀르뚜가가 어른의 사정 때문에 제제를 구해줄 수 없었듯이, 희수의 친구들도 희수의 팔이 부러지는 걸 막아주지 못한 데에는 그럴 만한 이유가 있었다고 말합니다. 하지만 희수는 그 이유마저 자신이 만들어낸 환상이라는 것을 어렴풋이 직감합니다. 자신이 바꿀 수 없는 견고하고 끔찍한 현실을 다만 감당할 만한 것으로 만들기 위해 끊임없는 거짓말을 지어내고 있다는 것을요.

그런데 정확히 어떤 현실일까요?

뮤직비디오는 희수가 구체적으로 어떤 고통을 겪고 있는지 알려주지 않습니다. 다만 팔에 댄 깁스가 희수의 고통을 상징하고, 그 깁스에 친구들이 펜과 매니큐어로 해준 낙서가 희수의 고통을 감싸주는 그들의 위안을 암시할 뿐이지요. "천재 감독 반희수" "죽지마 ㅠㅠ" "빨리 나아~" "♥" 친구들의 낙서가 사랑스러우면 사랑스러울수록 깁스 안에 감춰진, 끝내 말할 수 없는 희수의 아픔이 더욱 강조되는 것 같습니다. 정확히는 그 '말할 수 없음'이 말입니다.

한유주의 소설 《불가능한 동화》에는 가혹한 폭력에 노출된 한 아이가 등장합니다. 아이는 학교에 일기장을 제출해야 하는데, 자신이 구타당하고 있다고 일기에 차마 쓰지 못해요. 다만 허구의 일기를 쓰는 법을 익혀나갑니다. 이렇게요.

아이도 일기를 쓴다. 그러나 아이는 일기장에 아무것도 기록하지 않는다. 자신에 관한 어떤 것도. 아이의 일기장이 되돌아올 때마다, 아이는 점점 더 많은 단어들을 다른 단어들로 대체하는 방법을 알게 된다. 뺨은 잎사귀로, 멍은 바람으로, 피멍은 실바람으로, 손톱은 나비로, 욕은 노래로, 종아리는 막대기로, 혀는 아이스크림으로, 손바닥은 달로, 머리카락은 별들로, 한숨은 휘파람으로, 손아귀는 나뭇가지로, 구둣발은 발자국으로, 유리조각은 하늘로, 등은 개로, 허벅지는 고양이로, 막대기는 가로등으로, 울음은 새로, 통증은 다채로운 색깔들로. 창문을 열었더니 실바람이 불어왔다. 아이스크림이 먹고 싶어 가게에 다녀왔다. 초록색 잎사귀에 이슬이 맺혀 있었다. 노란 고양이 가족을 보았다. 눈이 파래서 신기했다.

– 한유주, 《불가능한 동화》에서

어른들이 이 아이의, 아이들의 일기를 해독할 수 있었다면 무언가 달라졌을까요?

흥미로운 것은 〈Ditto〉 뮤직비디오에서 반희수와 친구들의 관계가 팬과 아이돌의 관계를 은유하고 있다는 점입니다. 반희수라는 이름은 뉴진스 팬덤의 애칭인 '버니즈bunnies'를 한국어 이름처럼 바꿔 쓴 것입니다. 희수의 친구 다섯 명은 뉴진스 멤버들이고요. 희수가 캠코더로 친구들을 찍는 것은 아이돌 무대를 촬영하는 팬들의 '직캠'을 연상시킵니다. 이 뮤직비디오는 아이돌이라는 것이 근본적으로 실재하지 않는 환상이며, 그 환상에 대한 사랑이 우리의 힘겨운 삶을 지탱한다고 말하는 것 같습니다.

그렇다면 그 사랑의 끝도 가정해볼 수 있겠네요. 현실의 고통이 끝나면 사랑도 끝난다고.

요즘 아이돌 팬덤 문화는 결코 청소년만의 것이 아니지만, 여전히 많은 사람이 아이돌을 좋아하는 것을 유치하게 생각합니다. 언젠가는 졸업해야 할 단계의 취미 정도로요. 〈Ditto〉의 메시지대로 아이돌이 환상이라면 이러한 선입견에는 일말의 진실이 담겨 있는 것 같습니다. 환상은 우리가 고통을 견딜 수 있게 해주지만 고통을 극복하게 해주지는 않습니다. 우리가 더 자랐을 때, 그래서 고통과 맞서 싸우고 더 나아가 이길 수 있는 힘이 생겼을 때, 환상은 더 이상 필요하지 않습니다. 그때 비로소 우리는 낡은 환상을 뒤로하고 미래로 나아갈 수 있게 되지요. 이것을 우리는 성장이라 부릅니다.

그런데 우리가 사랑했던, 한때 우리를 살게 해주었던 그 소중한 환상의 친구들은 우리의 성장을 어떻게 생각할까요?

〈Ditto〉의 가사는 희수의 친구들의 입장에서 쓰인

것처럼 보입니다. 자신을 잊고 어른이 된 희수에게 희수를 기다리는 자신의 하루가 얼마나 길었는지, 자신이 희수를 여전히 얼마나 좋아하는지 말하지요. 그리고 희수도 같은 마음이라 말해달라고 요청합니다(ditto는 "마찬가지"라는 뜻입니다). 사실 친구들은 희수 자신이 만든 자아의 복제물이었던 만큼, 희수와 같은 마음일 수밖에 없었겠지요. 그런데 희수만 성장해서 변해버렸고요. 그들은 희수가 하는 말을 자신들도 했고 자신들이 하는 말을 희수도 했던 그때처럼 같은 마음으로 돌아와달라고 청합니다.

〈Ditto〉가 다소 섬뜩한 느낌을 주는 까닭이 바로 여기에 있는 것 같아요. 우리는 그들이 환상임을 알지만, 그들은 자신이 환상인 줄 모르잖아요. 그들은 결코 죽지 않는 유령이 되어 우리 뒤에 남아서 끊임없이 우리를 부르고, 옷깃을 붙잡고, 발길을 돌리게 하며, 왜 이제 자신들과 놀아주지 않느냐고 천진하게 묻습니다. 그들에게 무어라 답해야 할까요? 어떻게 그들을 밀어낼 수 있을까요?

끔찍했던 과거의 고통에서 벗어났다 믿고 안심하며 살다가도 때때로 불현듯 어둠이 밀려옵니다. 우리가 힘겹게 구축한 안전한 일상이라는 이름의 새로운 환상

은 사실 너무나 얄팍해서, 봄날의 살얼음처럼 쉽사리 깨
져버리죠. 그리고 그 아래 시커먼 강물 속에서 오래된 유
령들이 되살아나곤 합니다. *Amil*

# 이상한 나라의 아홉 용

이수경

지난 편지에서 유년의 고통에 대해 이야기했지요. 오늘 그 이야기를 더 하려고 해요.

어렸을 때부터 나는 "아픈 만큼 성숙해진다" 따위의 말을 싫어했습니다. 물론 그건 거짓말인 데다 폭력적이기까지 하죠. 타인을 아프게 하는 행위를 정당화하는 언어이니까요. 하지만 당시의 나는 거기까지 생각이 미치지 못했고, 다만 고통을 다른 무언가를 위한 수단으로—이를테면 성장을 위한 밑거름으로—삼고 넘어가려 하는 태도가 싫었던 것 같아요. 고통은 고통이고, 나는 그것을 있는 그대로 겪어내고 싶었습니다. 그것이 내가 이 슬픈 세계에 대해 할 수 있고 해야 하는 책무라고 생각했어요.

게다가 나는 고통받는 나 자신을 부정하고 싶지 않았어요. 자기혐오와 자기연민이라는 교착 상태에 빠져 있었던 어린 내가 생각하기에, 나를 고통스럽게 하는 것도 나 자신이고 내 고통 자체까지도 나 자신이기에, 그것을 사랑하는 일 역시 나 아니면 할 수 없는 일이었거든요. 그러지 않으면 나라는 존재가 사라져버릴 것만 같았지요.

지금 어른이 된 내가 그 시절을 돌이켜보면 슬프고도 놀랍네요. 얼마나 삶이 고통의 연속이었으면 고통을 나 자신이라고 동일시했을까요? 그런데 또 얼마나 강했기에, 내 고통만이 아니라 세상의 고통까지 고스란히 받아들이려 했던 걸까요?

얼마 전, 이수경의 '이상한 나라의 아홉 용'이라는 전시를 보았습니다. 동명의 작품인 〈이상한 나라의 아홉 용〉이 포함된 '번역된 도자기' 연작이 전시되어 있었는데요. '번역된 도자기'는 깨진 도자기 파편을 이어 붙이고 금분金粉으로 균열을 메워 새로운 오브제로 만드는 작업입니다. 도공에 의해 무가치하다고 판단되어 산산조각나 버려진 도자기 조각들에게 새로운 형상과 생명을 부여하는 것이죠. 나는 이 전시를 보고 큰 감동을 받았어요.

이 작품들에는 그야말로 수없이 다양한 도자기 조각이 쓰였어요. 불완전한 조각들이지만 그것만 보아도 원래의 형태가 어땠을지 얼마간 추측할 수 있고, 필연적으로 추측하게 되지요. 항아리, 주전자, 찻잔, 장독, 병, 향로, 접시, 사발…이 될 뻔했던 것들. 그러나 끝내 살아남지 못하고 박살나고야 만 것들. 그것들을 이어 붙인 무수한 균열을 보니 박살난 순간의 소음이, 그 충격과 고통이 생각지도 못하게 생생하게 다가왔어요. 파손이 현재진행형으로 반복되고 있는 것만 같았죠.

이 현재성은 이수경이 조각들 사이의 균열을 감추지 않고 오히려 금으로 메워 돋보이게 한 데에서 오는 듯했습니다. 균열은 곳곳에서 찬란하게 금빛으로 반짝이며 자신의 존재를 알렸어요. 우리는 돌이킬 수 없이 망가졌고, 완전히 버려졌노라고. 이것은 고통이라는 대상을 '극복'했음을 표시하는 무공 훈장이 아니라, 고통이 곧 자기 자신임을, 상처와 자신을 분리할 수 없음을 나타내는 처참한 표지였어요.

'번역된 도자기' 연작은 언뜻 일본의 도자기 수리 기법인 긴쓰기金継ぎ와 비슷해 보입니다. 긴쓰기는 깨진 그릇을 이어 붙이고 균열을 금색으로 장식하는 것으로, 쓸 수 없게 되었던 그릇을 본연의 목적에 맞게 복원하는 데에 목적이 있습니다. 그러나 이수경의 작품 속 도자기들은 긴쓰기 그릇과 달리 본연의 목적을 상실합니다. 서로 다른 목적을 가졌던 수많은 도자기 조각이 뒤섞여 하나가 되어 전에는 없었던 키마이라chimaera로 재탄생하지요.

나는 이 혼종성이 몹시 아름답다고 느꼈습니다. 이 작품들은 아픈 만큼 성숙한다고 말하지 않습니다. 아픔을 통해 더 훌륭하고 온전한 존재가 된다고 말하지 않아요. 오히려 아픈 만큼 불완전해지고, 기괴해지며, 이질적인 요소들과 뒤섞여 본연의 목적조차 잃게 된다고 말해요.

그런데 그렇기 때문에 자유로울 수 있다는 것, 그것이 놀랍지 않나요. 이 도자기 조각들은 긴쓰기 도자기나 레고 퍼즐처럼 본래 있어야 하는 위치가 정해져 있지 않아요. 맞춰야 하는 원형 같은 것이 없죠. 어떤 조각이든 서로 아무렇게나 맞붙을 수 있고, 그렇게 해서 어디로든 뻗어나갈 수 있고, 어떤 형태든 될 수 있어요. 그리고 이렇게 자유로운 놀이가 가능한 까닭은 애초에 그들이 깨져 있었기 때문이에요. 금이 가 있지 않았다면 붙을 수도 없었겠죠.

'이상한 나라의 아홉 용'은 중국의 설화에서 온 제목입니다. 그 설화의 줄거리는 이렇습니다.

옛날 옛날에 용이 아홉 자식을 낳았습니다. 그러나 모두 돌연변이여서 용이 되지 못했고, 거북이, 늑대, 사자, 개구리 등 제각기 다른 짐승을 닮은 모습을 하고 인간 세상에 남았습니다. 이들을 용생구자龍生九子라 불렀답니다. 용생구자는 각자가 가진 성향과 능력이 달라서 사람들은 이들의 형상을 건축물이나 도구에 새겨 복을 기원하거나 액을 막았지요. 이를테면 거북이를 닮은 비희贔屭는 무거운 것을 짊어지는 것을 좋아해 비석 받침으로 쓰였고, 사자를 닮은 산예狻猊는 불과 연기를 좋아해 향로에 쓰였으며, 개구리와 소라를 닮은 초도椒圖는 무언가를 닫는 것을 좋아해 문고리에 장식되었다고 해요. 용의 도상은 절대 권력을 상징해 왕이 아니면 함부로 사용할 수 없었지만, 용생구자는 뭇 백성들에게 널리 퍼져

그들의 삶을 도우며 수많은 갈래로 뻗어나갈 수 있었던
거죠.

상처를 입었기 때문에, 돌연변이이기 때문에, 우리
는 비로소 더 멀리, 더 즐겁게 나아갈 수 있을지도 몰라
요. *Amil*

Nine Dragons in Wonderland_ 이수경
Ceramic shards, epoxy, 24K gold leaf,
492×200×190cm, 2017

## Candy Jelly Love

러블리즈

좋은 이별은 어떤 이별일까요?

나는 살면서 여러 번의 연애를 했지만 좋은 이별을 해본 적이 없습니다. 내 연애의 끝은 매번 엉망진창이었어요. 후회, 원망, 비겁, 두려움, 증오, 미련, 분노로 얼룩진 엔딩…. 어른스럽게 서로의 안녕을 기원하며 떠나보내려고 노력한 적도 있었지만 잘되지 않았어요. 헤어지자는 말을 차마 꺼내지 못해 울기만 하던 나. 다시는 연락하지 말자고 했는데 내게 들려주고 싶은 음악 링크를 담은 문자 메시지를 보내던 사람. 어느 카페에 전 애인을 불러내서 저주와 악담을 퍼붓던 나. 헤어지고 몇 달 후 자기 잘못을 뉘우치는 이메일을 보내던 사람…. 나나 그 사람들이나 왜 그렇게밖에 안 됐던 걸까요.

당신에게 마지막 편지를 쓰는 지금, 어떻게 하면 당신과 잘 헤어질 수 있을지 고민 중입니다.

러블리즈의 〈Candy Jelly Love〉를 들어보았나요? 이 노래는 2014년에 발매된 러블리즈 데뷔 앨범의 타이틀곡으로, 애틋하고도 조금은 서글픈 멜로디가 강하고 경쾌한 비트와 겹쳐지며 복합적인 매력을 자아내는 곡이랍니다. 고음을 열창하는 부분도, 멜로디의 높낮이가 급격한 기복을 이루는 부분도 거의 없이 조곤조곤 진행되는데, 그 조곤조곤함이 결코 시시하게는 들리지 않아요. 한 겹 한 겹 다층적으로 쌓여가던 사운드들이 후렴에서 팡! 터지는 과정을 듣다 보면 마음이 저절로 벅차오르죠. 한 음절 한 음절 명확하게 발음하는 러블리즈 멤버들의 보컬은 결연하기까지 하고요. 이 노래를 들으면 무언가가 시작되는 설렘과 무언가가 끝날 때의 아련함이 동시에 느껴집니다.

가사도 꼭 그렇습니다. 〈Candy Jelly Love〉의 가사는 한 연인의 만남과 헤어짐 모두를 보여주는 구성으로 되어 있어요. 1절은 사랑을 막 시작한 화자가 연인에게 속삭이는 말들이고, 2절은 헤어지고 난 뒤 곁에 없는 연인에게 하는 말들이거든요. 그런데 이 만남과 헤어짐이 선형적인 시간의 흐름에 따라 전개되는 것 같지는 않아요. 그보다는 만남을 시작하는 순간에 이미 헤어짐이 예비되어 있고, 헤어지는 순간에 새로운 사랑이 시작되는 것처럼 보여요. 만남과 헤어짐이 서로를 되울리며 공명하는 것처럼.

왜 그럴까요? 그건 우선 1절과 2절의 배경 모두 초겨울이기 때문일 거예요. 계절이 매년 돌아오듯, 만남과 헤어짐도 순환하는 것 같은 느낌을 주는 거죠.

그런 순환 속에서 반복되는 가사가 있습니다. "너무 너무 힘들면 많이 많이 슬프면/ 그대 마음 몇 스푼 더 넣으면 또 견딜 수 있어/ 너무 너무 외로워 보고 싶은 날이면/ 그대 사랑 한 방울 떨어뜨리면 행복이 번져"라는 구절요. 연애를 하고 있을 때도 화자는 연인이 곁에 없는 듯 너무 힘들거나, 많이 슬프거나, 너무 외롭고 보고 싶은 날이 있다고 말하지요. 또 연애가 끝난 뒤에도 화자는 연인이 마치 곁에 있는 것처럼 그 사람의 마음과 사랑을 되새기며 행복해하고요.

　이처럼 만남과 헤어짐에 임하는 화자의 태도는 한결같습니다. 이를테면 관계를 시작할 때 화자는 이렇게 말하죠.


　우리 어디까지 갈는지

　어떻게 될 건지 나는 몰라도

　겁먹진 않을래요


　그리고 관계를 끝낼 때는 이렇게 말해요.


　날 얼마나 기억할는지

　그대도 나만큼일지는 몰라도

　겁먹진 않을래요


　그래요, 화자는 언제나 용기를 내고 있어요. 사랑할 용기, 그리고 이별할 용기.

　잘 죽으려면 잘 살아야 한다고들 하죠. 그런 점에서 삶과 죽음은 하나라고요. 만남과 헤어짐도 마찬가지일 거예요. 사랑은 언젠가 끝나겠지만 그것을 미리 두려워하지 않고 기꺼이 사랑하는 것. 상대방은 나를 잊을 수도 있겠지만 그것을 두려워하지 않고 기꺼이 그의 기억을 끌어안는 것.

〈Candy Jelly Love〉의 화자와 그 연인은 이런 일을 해낼 수 있을 만큼 강한 사람들이었나 봐요. 그러니까 화자가 "내 생애 제일 좋은 시간 속에 내가 최고로 기억할 사람"이라고 회고할 수 있는 거겠죠. 나도 당신을 그렇게 기억하고 싶고, 당신에게 그렇게 기억되고 싶은데…. 아, 하지만 나는 자신이 없네요. 지금까지 내 편지들을 읽으면서 당신도 알았겠죠, 내가 겁쟁이라는 거.

하지만 용기를 내고 싶을 때, 내야 할 때, 당신 덕분에 용감해질 수 있었던 순간들이 있었어요. 그 순간들을 기억하며 감히 말해봅니다. 당신에게도 내가 그런 존재이기를 바란다고요.

그리고 이 편지들에서 못다 한 이야기를 언젠가 또 들려드릴 수 있으리라 믿어요.

안녕, 내 사랑. *Amil*

구슬처럼 귀에서 자꾸 맴돌아요

달콤한 그 말을 굴리다

입에서 후 하면 향긋한 향기가 불어와요

유리처럼 투명한 그 맘이 좋아요

첫눈처럼 깨끗해요

말로써 표현을 하자니 그대의 사랑이 그래요


우리 어디까지 갈는지

어떻게 될 건지 나는 몰라도

겁먹진 않을래요

Candy Jelly Love


그대 마음 한 스푼을 담아 넣고서

하얀 약속 한 웅큼을 담아 삼키면

오늘 하루도 웃을 수 있어

기분 좋은 얘기들만 말할 수 있어


너무 너무 힘들면 많이 많이 슬프면

그대 마음 몇 스푼 더 넣으면 또 견딜 수 있어

너무 너무 외로워 보고 싶은 날이면

그대 사랑 한 방울 떨어뜨리면 행복이 번져


흐린 날엔 그대의 이름을 불러요

햇살도 부럽지 않아요

오늘도 나밖엔 없다고 말할 것만 같아서 Uh

그대 없는 겨울이 저만큼 왔네요

그래도 난 괜찮아요

그대를 품은 내 마음은 언제나 봄처럼 따뜻해


날 얼마나 기억할는지

그대도 나만큼일지는 몰라도

겁먹진 않을래요

Candy Jelly Love


그대 마음 한 스푼을 담아 넣고서

하얀 약속 한 웅큼을 담아 삼키면

오늘 하루도 웃을 수 있어

기분 좋은 얘기들만 말할 수 있어


너무 너무 힘들면 많이 많이 슬프면

그대 마음 몇 스푼 더 넣으면 또 견딜 수 있어

너무 너무 외로워 보고 싶은 날이면

그대 사랑 한 방울 떨어뜨리면 행복이 번져


You're the best ever come in my life

You're the best of my life


You 내 생애 제일 좋은 시간 속에

내가 최고로 기억할 사람 이미 정해진 한 사람

달콤한 꿈을 꿔요


우리 둘이 한 얘기 간질간질한 얘기

나만 아는 그 얘기 생각하면서 잠이 들어요

우리 둘이 못다 한 끝나지 않은 얘기

언젠가는 그대와 다 나눌거라 나는 믿어요


러블리즈, 〈Candy Jelly Love〉

맺음말

# 그리고 마지막 편지

《사랑, 편지》는 2021년 2월부터 7월까지 여섯 달 동안 메일로 연재한 '사랑 이야기, 사랑 편지'를 전신前身으로 합니다. 사랑에 관한 문학, 음악, 미술, 영화 등에 대한 이야기를 연서의 형식으로 풀어서 매주 독자에게 이메일로 발송한다는 낭만적인 기획이었지요. 당시 많은 독자분들이 즐겁게 구독해주셨고, 구독자 중 한 사람이었던 버터북스의 이승희 대표가 그 편지들을 책으로 묶자고 제안해주셨습니다. 그렇게 해서 기존의 편지들을 다듬고 새로운 편지 아홉 편을 추가해 총 서른두 편으로 이루어진 이 서간집을 완성했습니다.

　원고를 다시 읽어보니 생각보다 내밀한 이야기가 많이 들어 있어서 새삼 부끄럽기도 합니다. 사랑을 이야기하기에는 너무 신산한 시대인 것 같다는 생각도 들고요. 하지만 이 편지들에서 저는 사랑만큼이나 용기에 대한 이야기를 많이 했더군요. 그러니 용기를 내어 편지들을 세상에 띄웁니다. 모쪼록 이 편지를 받아볼 독자분들께 용기와 사랑이 전해지기를 바라는 마음입니다.

　《사랑, 편지》를 눈여겨봐주고 많은 격려를 보내주고 마침내 책으로 엮어주신 버터북스, 감탄이 나올 만큼 아름다운 책을 만들어주신 '즐거운생활'의 정지현 디자이너님께 감사드립니다. 귀한 작품의 전체 혹은 일부를 실을 수 있게 허락해주신, 존경하는 창작자 여러분께 감사드립니다. 반년 동안 랜선 너머 제 연인이 되어주며 제가 계속 글을 쓸 수 있도록 지탱해주신 구독자 여러분께도 고맙습니다. 그리고 제가 사랑한, 사랑하는, 사랑할 존재들에게 안녕을 기원합니다.

2024년 1월
아밀

**사랑, 편지**

**1쇄 찍은날** 2024년 1월 16일
**1쇄 펴낸날** 2024년 1월 30일

| | |
|---|---|
| **글** | 아밀 |
| **디렉터** | 이승희 |
| **디자인** | 즐거운생활 |

**펴낸곳**　내 친구의 서재
**출판등록**　제2020-000039호

**이메일**　butterbooks@naver.com
**인스타그램**　@butter__books
**페이스북**　butterNbooks

**ISBN**　979-11-91803-23-5　03810
책값은 뒤표지에 있습니다.

ⓒ 아밀, 2024

이 도서는 한국출판문화산업진흥원의 '2023년 중소출판사 출판콘텐츠 창작 지원 사업'의 일환으로 국민체육기금을 지원받아 제작되었습니다.

KOMCA 승인필 | KOSCAP 승인필

인용문 중 저작권자와 연락이 닿지 않아 그대로 실은 것이 있습니다. 연락이 닿는 대로 그에 따른 저작권료를 지불하겠습니다.

사랑은 우리를 강하게 만들까요?